Ludwig Weibel
# Vom Gottesgeist am Gängelband geführt
## Des Universums Aberwitz und Gloriole

Books on Demand

Bibliographische Information der Deutschen Nationalbibliothek. Die Deutsche Nationalbibliothek verzeichnet
diese Publikation in der deutschen Nationalbibliogra-
phie, detaillierte bibliographische Daten sind im Internet
über http://dnb.dnb.de abrufbar.

© 2015 Autor: Ludwig Weibel
Herstellung und Verlag:
BoD – Books on Demand, Norderstedt
**ISBN 9783734772610**

Ludwig Weibel

# Vom Gottesgeist am Gängelband geführt

# Inhalt

Eminente Geisteskräfte
5

Schweigen der Unendlichkeit
33

Dein Eigentum für Ewigkeiten
57

Gesegnete des Himmels
81

Ein gottbegnadetes Kontinuum
105

Verwendung der Ressourcen
127

Begeisterung am Sein und Sinnen
151

# 1

## Eminente Geisteskräfte

## 1.1

So subtile Dinge gehören nicht ins Klassenzimmer, aber umso sicherer ins Menschenherz, dem man, so viel wie Sand am Meer, Empfindsamkeit, Verspieltheit und Bewegtheit nachsagt. Überhaupt sind viele Lebensdinge auf das Herz bezogen, um damit Zentrales, Liebevolles, Warmes und Verbindliches zu offenbaren. Wie steht es nun mit dir in Sachen Herzlichkeit und innigem Begegnen, will Ich hier eindrücklich fragen? Ist es dir bewusst, dass Ich tagein tagaus in geistiger Präsenz mit dir vereint bin zweifellos und ernstlich bis in deine feinsten und subtilsten Funktionen. Was du an dir betasten kannst ist alleweil ein Nichts, der Geistesfülle gegenüber, die sich in dir rege und gewandt manifestiert, um dein Wesen körperlich und sinnlich ohne Unterbruch im Gang zu halten. Du gehörst nicht dir allein im Weltensinne, denn du bist so gut, wie alles um dich, an die grossen Rhythmen und Bedingungen bis ins Kosmische hinauf gebunden, von dem du in ein getreues Abbild bist von unnachahmlich seelenvoller Grazie und Präzision.

Das zu erkennen muss dich dankbar und gewissenhaft Mir gegenüber stimmen, der mit segnender Gebärde hilfreich und subtil in alles eingreift, was dein Sein betrifft, wie auch das Lebendigsein der Millionen. Wären alle sich bewusst, wie sehr sie doch dem Einen, Einigenden unterworfen sind, das alles was da *ist,* durchzieht, sie würden würdiger und aufmerksamer, generöser und geschwisterlicher zueinander stehn. Das Habenwollen würde ihnen nach und nach entgleiten und das reine Sein erhielte seinen Ehrenplatz in ihrem Denken, Fühlen, Wollen und Das-Leben-würdiger-Bestehn.

Trägst du das deine bei zum Ganzen, so Bin Ich Es und überwalte Miniaturen, Menschen, Kontinente, Globen und schlussendlich Galaxien in unendlich wissender Manier. Wenn du das bedenkst, so kannst du nimmer sagen, es vollziehe sich das alles ganz von selbst, denn auch keine Flöte flötet ohne eines Mündchens Hauch und ohne die Beweglichkeit der flinken Fingerbeeren. Was Ich Mir Bin ist noch an jeden Ton gebunden, der gefühlvoll durch die Räume sich verschwebt, was du dir Bist, ist liebevoll vom Sein umwunden, dessen Allbedeuten sich in dich ergiesst und dir die Seelenaugen öffnet für Unendliches und Makelloses, Festliches, von allem Tand Befreites, in den hocherhabnen Geistessphären.

## 1.2

Wohlan denn, Ich versenke Meinen Blick in deinen und gewahre darin Ängste, vielgestaltiger Natur. Sei es die Gesundheit, der Verdienst, die Lebenslänge oder andere nicht zu bestimmende Gegebenheiten; sie quälen dich und hindern dich daran, in selige Herzensruhe zu entgleiten. Das ist, weil dir die Einsicht in dein wahres Wesen fehlt, das Meine Züge aufweist und von Meiner geistigen Potenz getinkt ist und gehalten wunderbar. Meine Werte kann dir niemand nehmen, Meines Segens reine Kraft befriedet deinen Herztumult und lässt dich wohlbehütet schlafen. Was es auch sei, Ich führe alles noch zum Guten, hat es dich auch noch so hart getroffen, denn die Weisheit Meiner planenden Gedanken ist der Deinen ständig meilenweit voraus und haushoch überlegen. Mitten im Gedränge und Gejammer darfst du in Mir firm und fröhlich bleiben, weil Meine Geistesstärke dich zum König über alle Lebenssituationen stilisiert und dir den Halt unendlicher Provenienz verleiht von Meinen meisterlichen Gnaden.

An dem, der aus Gedankenschärfe, Herzgefühl und unbeugsamem Willen ganze Welten generiert, ist nicht zu rütteln, umso weniger, als er in seiner letzten Konsequenz aufs Innigste mit dir vermählt ist, lebelang und weiter in die fernsten Fernen, die dich gekonnt und von Mir wohlbedacht bis ins Unendliche führen. Ist dein Vertrauen zu Mir absolut geworden, kann dich Nichts mehr aus der Ruhe der Gerechten zwingen, denn das Allerhöchste in dir, nämlich Meines Seins Gewähr, kann niemals ausgehebelt werden. Weisst du, dass du Bist, bist du beständig vom Geläut des Ewigen umgeben und darfst dieser Herzensgabe wegen ruhig und versiert auf deinen sinuösen Lebenswegen fürbass gehn. Im Heilen liegt dein Wohl und in der göttlichen Präsenz dein Liebegluten für die Welt, wie für das All, in das sich dein Bewusstsein stilgerecht und heiter, überschauend und voll Seligkeit erhoben.

1.3
Was willst du unter Gott noch anderes verstehen als das Sein, das allem innewohnt, was ist und was sein Antlitz leuchten lässt im überragend vielgestaltigen Leben. Was brauch Ich mehr als dass Ich Bin erkannt zu haben, weil sich alles, was da ist von diesem einen Unvergänglichen und Überräum-lichen heraus erklären lässt, in seiner Fülle, Fabelhaftigkeit und seinem Allerbarmen. Dass du Bist kannst nur du selber dir beweisen, weil das Erkennen geistiger Prinzipien extreme Wachheit und Entschiedenheit erfordert in der Menschen-seele ewig lauterem Gemach. Als Ich Bin kann deine Ichheit niemals untergehn. Es lässt sich zudem von dem Einen, unerschaffenen und unerschöpflichen, das Ich Mir Bin, nicht unter-scheiden. Es ist ein geistiger Prozess von über-

9

ragendem Bedeuten nötig, um zu solch erhabner Einsicht und Beschaulichkeit zu kommen. Seinsbewusst kann nur der Abgeklärte und von höchster Warte aus Gesegnete einhergehn als gerecht und liebevoll Gewordener in wunderbaren Geistessphären.

Bist du, kann dir niemand etwas anderes beweisen wollen, denn Beweise sind dem Menschendenken unterworfen und das ist sehr beschränkt und dem Erkennen ohne jeden Zweifel um Immenses unterlegen. Schaffst du es, verbindlich und lojal durch alle Fährnisse hindurch zu Mir zu stehn, klärt sich dein Lebenshimmel auf und lässt dich in den Weiten deiner selbst als das Urewige erscheinen.

Klammheimlich hat sich dein Befinden radikal verändert, weil du dich fortan als Wissender von überragendem Geleite und Profil verstehst im sakrosankt gewordnen Deine-Welt-Umrunden.

Deines Ich-Seins Stamm und Würde, Paternoster und Idee ist dem Allerwürdigsten entnommen, das Ich Bin und das sich selber trägt und adelt, austariert und steigert seit Äonen. Mach es dir zur Pflicht, dich von Mir ausgesandt und eingehüllt, vermittelt und verehrt zu fühlen. Denn den Seinen tritt das Sein mit wunderbarerer Sorgfalt und bedeutendem Respekt entgegen, um sie dazu zu bewegen, ihm dasselbe anzutun. So allein kann sich die allgemeine Harmonie und Friedefertigkeit entfalten, die das Leben und Gedeihen überall ins Paradiesische verwandelt und auch deinem Seelensein in Eintracht mit dem Meinen wundervoll genügt.

## 1.4

Was greift dir mehr ans Herz, als was Ich dir mit Leidenschaft und Poesie besage? Das kommt daher, dass Meine Worte kühn und wahr sind was dein Wesensein betrifft und was dich in die wunderbarste Zukunft führt, die dir von Mir beschieden. Nicht plötzlich, aber allgemach wirst du erkennen, welchen fabelhaften Einfluss Ich auf deine ganze Lebenshaltung und Rendite habe. Du bist vom Gottesgeist am Gängelband geführt in liebevoller Weise, Meiner Weisheit und Gerechtigkeit gemäss. Nun gut, es braucht Geduld und hohe Einsicht, um herauszufinden, wieviel Friedefertigkeit und Harmonie aus Meinen Welten zu dir niederströmt, um alles gut zu machen, was da ist und um der Herzensgüte Vorrang, Mustergültigkeit und Würde einzuräumen. Die Redlichkeit im Umgang mit den Meinen soll auch dir ein Beispiel sein für dein Verhalten und soll schliesslich Schule machen weltweit, intensiv und fabulös. Mein Wille wird geschehn in den allweltlichsten Belangen und sich in Lebensfreude, Ordnung und Gottseligkeit vollziehn.

## 1.5

Als allbereit, in Mich hineinzusterben, sollst du dich erkennen, wenn du dein Gemüt erforschest nach dem Willen, Meinem Wesen nah zu sein, um es mählich vollends zu begreifen. Was du dabei aufgibst, wiegt nicht eben schwer, was du gewinnst jedoch, hat ewigen Charakter und kann kaum hoch genug geschätzt und vor dir aufgerichtet werden. Es geht um alles oder nichts in deiner menschlichen Karriere, um Seinserkenntnis oder ganz banalen, handelsüblichen Weltbetrieb. Dabei ist deine Ansicht von dir selbst gehörig und erfinderisch zu revidieren, all so lange bis du inne wirst, dass Ich es Bin, der dich zutiefst befehligt und beherrscht, aufmischt und belebt in deines ganzen Wesens Seinskraft und Mixtur. Was da für dich persönlich übrig bleibt ist so bescheiden, dass es genau so gut vergessen werden kann. Dann Bist du nur noch Mich und darfst dich rühmen, allerhöchste Lebensqualität und Würde, Seinsbewusstheit und Kapazität erreicht zu haben. Deine Ansicht von der Welt ist damit gänzlich neu und krisensicher definiert und enthält den Passus: Ich Bin dein und Bin dein Ein und Alles ohne jedes Hintertürchen in der Seinsphilosophie, die Ich mit Leidenschaft und höchstem Engagement betreibe. Es darf gebeichtet werden, was bislang schlecht und unrecht war. Das stärkt die Überzeugung, dass die grosse Wende im Bewusstsein Tapferkeit, Geduld, Leutseligkeit und Himmelsgrazie verleiht. Wenn du nur erkannt hast, was du Bist und was du für die Welt bedeutest in der göttlichen Ägide, die die dir nun bevorsteht, geistgewandt, goldrichtig und gottselig im unendlichen Allhier.


1.6
Das beschleunigte Verfahren, um zu Mir zu kommen, heisst: komme ungesäumt zu dir, angetrieben durch die Fülle Meiner Liebestaten. Weihe dich dem Studium der Prinzipien, nach denen Ich behutsam und gekonnt verfahre, um den Herren dieser Schöpfung klar zu machen, wer der wahre Meister ist im Umschwung der Gezeiten. Der Bin nämlich Ich, von abervielen ungehört und ungesehn in Meiner geistgesättigten Position. Ich verfüge über eminente Geisteskräfte, um den Weltlauf zu regieren und zu regulieren nach bestem Können und Gewissen in der Gottestat. Du musst nicht

glauben, dass es dir allein anheimgegeben ist, für Ordnung, Recht und Billigkeit zu sorgen. Ohne Meinen Eingriff müsste das gewaltig aufgebrachte Weltgetriebe unbedingt im Chaos enden. Da ist es deine noble Pflicht, an Meiner Seite für Gediegenheit und Recht, Einsicht und Gelassenheit zu sorgen im würdigen Umgang mit den Seinsgegebenheiten, die da sind, von Mir bewusst errichtet und geduldig zur Erhabenheit geführt. Das alles zu begreifen ist dir seit eh und je von Mir ins Pflichtenheft geschrieben. Es umzusetzen liegt an dir und deinem Hofe, damit Freundschaft zwischen uns besteht und Freundlichkeit des Miteinander-nach-dem-Höchsten-Strebens. Sieh dich als des Allerhöchsten Gut, Gefährte und Gelispel an und sei, indem du Meine Züge annimmst und an ihnen voll Begeisterung und Lebensliebe, Eintracht und erweiterter Bewusstheit im Unendlichen vergehst.

1.7
Landvermessung sei dein Job in Meiner götter-lichten Hemisphäre. Da geht es tief hinein ins geistige Potential, das Ich voll Verve und Überlegenheit verwalte. Es ist für dich von über-ragender Bedeutung, dass du lernst, aus Meinen Himmelsschriften das herauszulesen, was sich in deinem Sein und Leben mikrokosmisch ausspricht, wunderbar gediegen. Es ist nicht von der Hand zu weisen, in der Wölbung deiner Stirn das himmlische Gewölbe auszumachen, sowie im Kreislauf deines Blutes um das Herz das sich Verkreisen der Planeten um die mütterliche Sonne, die ihre Liebeswärme in die Welt verstrahlt. Wie es gegeben ist, dass Menschenhüllen Seelisches und Geistiges enthalten, ist es auch im Reich der strahlenden Gestirne, die den hocherhabnen Himmelsgeistern

seit Äonen als markanter Wohnsitz dienen. So spricht sich im Grossen wie im Klitzekleinen Irdisches wie Götterlichtes aus von unermesslich würdigem Bedeuten.

Ich erkläre dich hiermit zum Träger Meiner unerhört gewichtigen Ambitionen, die vom Erdenplan und dessen Vielfalt bis in Meine Himmel reichen. Doch erst, wenn du Mich auch im geisterfüllten Universensein erkannt hast, bist du wirklich grandios. Es lichten sich die Dünste, die dein Bewusstsein generationenlang vernebelt haben, worauf die Klarheit der Gedanken und Gefühle Einzug hält in deinem gottbegnadeten und gottgeliebten Wesen. Du erschaust, was du dir Bist, im Weltenschaffen und zugleich erschaue Ich Mich ebenso in ihm. Das ergibt dann die Vermählung zweier Iche zu dem einen, weltumspannenden, von Meiner Provenienz und Güte, Heiterkeit und Effizienz im Universensein, in dem die Seinsverklärten ihren Ausgang und ihr gütestrahlendes Erfüllen finden.

1.8
In dem Moment, wo du Mir auffällst wegen deinem seinserwartenden Benehmen, lasse Ich Mein geistbeseeltes Strahlen über deinen Scheitel wehn. Dein Mich-Bedrängen zeitigt Früchte von der allerfeinsten Art und hält dich in bemerkenswert gesteigerter Bewegung, Meinem Urgrund ungesäumt entgegen. Das Exquisite, das du Bist, wird von Mir mehr und mehr gefördert und geflissentlich auf Trab gehalten, um es Meinem Stil und Standart bis aufs Tüpfchen anzugleichen. Da will Ich wetten, dass du in des Lebens Drängelei und Wüten immer besser reüssierst zu deinem Wohl, wie zur Erbauung des erlauchten Kreises gläubiger Ge-

14

müter, die sich mählich um dich scharen. Du selbst gehörst indes zu Meiner Schar von seinsverständigen Eroberern der besten Plätze in der rauschenden Arena Meines Wohlgeratens, deren vielbegeisterte Besucher von gediegener Menschlichkeit und Herzensgüte was verstehn.

In Meinen Sphären bleibt das Eingeschloss'ne stehn, derweil sich alles, was von Mir betreut und aufgepäppelt wird, auf wundersame Weise als gelöst erweist in der vollkommen unbeschwerten Art und Weise des Gestaltens, die Mir eigen. Überhaupt kannst du nichts Wohlgefälligeres und Bedeutenderes tun, als dich voll Eifer, Schwung und Rasse auf den benedeiten Weg zu Mir und Meiner Himmelsanmut zu begeben, denn das allein verschafft dir die Genugtuung, sowie das unbestritt'ne Renommee, deren du bedarfst, um als würdiger Vertreter Meiner Sache im Gewinde Meines Heilsplans aufgeführt zu werden. Magisch zieh ich die Versierten in der Kunst der Redlichkeit und Gottesminne an und verleihe ihnen Trost und Stärke, Sieg und Seinsbewusstheit, wo sie stehn und gehn und ihren Dienst an Meinem Kosmos grandioser Werke und Gestaltungen aufs Trefflichste versehn. Somit sind sie zugleich Herren und bewusste Diener an der wahren Welt, die sich bis ins Unendliche und Geistheroische erhebt. Darinnen wirst auch du dein Glück und deine Seinsbestimmung finden, als von Mir gegeben und geführt, beglaubigt und voll Liebe in den Zustand der elysischen Begeisterung erhoben.


1.9
Was erwartest du vom Leben, das so vehement auf seinem Recht beharrt zu sein und alles, was da ist, mit Verve und Würde zu durchströmen? Diese

Frage kann dich ratlos machen all so lange, wie dein Sinnen um die Eigenheiten kreist, die dir das Dasein bringen soll wie: Wohlstand, Glück, Gesundheit und Geselligkeit, weil diese Werte doch für dich nur allzubald auf Nimmerwiedersehn verschwinden. Es ist ein ärmliches Geschäft, das du betreibst, wenn dir das Leben nichts Erstrebenswerteres als die Vergänglichkeit bescheren soll, selbst wenn es noch so prunkvoll und ergiebig, tatenträchtig und brisant daherkommt durch die turbulenten Zeiten. Sinnlos ist es, wenn du nicht das Ewige, Geistvolle und Bewahrende erkennst, das deinem Innesein die Kontinuität und Wertbeständigkeit verleiht, die zuvörderst seinen Sinn begründen können. Was du aus der Logik tiefen Überlegens sein musst, Bin Ich dir, du brauchst es nur im Stillesein der fluktuierenden Gedanken innig zu erfahren. Unsterblichkeit wird dir vom Muss zum Sein in deinem Dich-in-Mir-Begründen und Dich-damit-Sanieren in der Frage, was das alles bringen soll.

Nicht das Vergängliche soll sich an deine erste Stelle drängen, sondern das "Ich Bin", das weder Zeit noch Raum kennt in der Fülle seines gloriosen Seins im Wunderbaren. Es verwandelt Schein in wirkliches Begaben und erklärt sich selbst als Wesen der Allherrlichkeit in geistiger Potenz und unumschränktem Herrschertum im grandiosen Einen. Unvergänglich ist es auch in dir und trägt dich nicht nur durch die Wach- und Schlafenszeit, sondern durch die Folge ungezählter Inkarnationen, die dich immer weiser, tugendhafter und bewusster hinterlassen. Deine wahre Grösse ist die Meine und dein wahres Bild das Abbild der Allgöttlichkeit, in der du lebst und wirkst und Bist in der Erkenntnis deiner Kräfte und Verbindlichkeiten, deiner Auserlesenheit, wie deines unwahrscheinlich liebevollen Gotteswohls.

16

## 1.10

Beifall heischend trittst du vor Mich hin und glaubst, Mein Herz mit einer noch so lächerlichen Tat zutiefst bewegt zu haben. Doch so kann es nicht sein. Wenn es um das Ewige geht, sind ausgesprochner Ernst und Fröhlichkeit, Geduld und Zuversicht vonnöten, damit ein Resultat entsteht, das etwas auf sich hat und das vom Geistraum Kunde gibt, in den du dich voll Mut begeben. Doch, wenn du es erreicht hast, dass Ich deinen konsequenten Ruf vernommen habe, kannst du auch der gütestrahlenden Erwiderung gewiss sein. Das ist dann die Morgenröte einer Zeit, die dich im innigen Verbund mit Meinen Kräften steil hinanführt zu den Höhen des Elysiums, die Ich seit eh und je verwalte. Der Traum von absoluter Geistesfülle und Beweglichkeit wird wahr und deine Aktionen sind mit dem gespickt, was Ich zu ihrem Fortgang gütlich zu dir trage.

Du solltest eigentlich schon lang bemerkt und ausgekostet haben, wie sehr Ich stets darauf bedacht bin, einen würdigen Gedankentausch mit dir zu pflegen, der darauf hinausgeht, deine Stellung in der Menschenwelt zu sichern, sowie in Meiner dich zu etablieren auf der Gottgefälligkeit erhabner Spur.

Ist Mir das in gradueller Makellosigkeit gelungen, wirst du den Erfolg in deinem Seelensein mit inniger Freude spüren und dich gegenüber Mir zutiefst beglückt erweisen. Deine Lebensgründe decken sich intim und folgerichtig mit den Meinen und du darfst dich rühmen, eines Gottes Freund und Fachperson, Vermählter und Beseligter zu sein, mit allen Konsequenzen, die daraus erspriessen.

## 1.11

Deine Augen brauchen sich nur um dein Leibliches zu kümmern, dein Herzblut jedoch steigt hinauf in Meine Geistesgründe und erlebt sich dort als eine mustergültige Synthese zwischen dem, was Ich Mir Bin und dem was du dir warst seit eh und je im Wunder deiner selbst und deiner vielerfahr'nen Willenstriebe. Da liegt es dann an dir, die Dinge aufzufassen, wie sie wirklich sind im reinen Geistraum, der sich um dich breitet. Des Gottes Herrlichkeit ist wesenhaft zu spüren, die du selber Bist in der Vereinigung mit Ihm. Es geht ein Raunen der Glückseligkeit durch dein Befinden, im Erkennen des profunden Einigseins im Sein, das aller Welten und Verwirklichungen makellose Quelle ist im Schoss der strahlenden Unendlichkeiten. Du Bist dasselbe Licht, das Ich Mir Bin, dieselbe Freude und Begeisterung am schaffenden Genie, das sich allüberall verbreitet, wo Gedanken sind und wo unendliche Gefühle sich im Universenraum verschweben. Sei und du Bist alles, was da ist, erfahre, dass du Bist und wisse dabei: Hier hat sich die Gottheit in sich selbst erfahren.


## 1.12

Im Schlafe ist die irdische Bewusstheit von dir weggenommen, im Tode ist die Ewige für dich da und offenbart dir deines Daseins hintergründiges, gottseliges Bedeuten. Dein eigentliches Wesen geht von A nach B als wäre dabei nichts geschehen. Wach bist du in der Bewusstheit und Entschiedenheit der Geistessphären, die sich bis ins Unendliche um dich breiten. Universensein bist du geworden, was bedeutet, dass sich alle Dinge, die da irdisch sind, in dir und deinem Sein befinden. Bewusst und heiter wesest du im Zeitenlosen und schaust fasziniert, wie sich das Zeitliche in dir entfaltet und durch dich bewegt. Absoluter Gleichmut und verehrungswürdige Glückseligkeit beseelen dich, derweil die Innenschau von Stern zu Stern das All durchgleitet und sein Wesen mit der Zärtlichkeit des Allerhöchsten leis begütend und beseligend berührt. Du bist freudestrahlend im Unendlichen und zugleich in dir selber aufgegangen, der du Bist und der Ich Bin ohn' Unterscheiden. In der reinen Seinsbewusstheit gibt es auch den Raum nicht mehr, es gibt kein Denken, aber das Empfinden unaufhörlich sich verstrahlender und alles Seiende durchströmender und liebevoller Wonne, himmelszart und lind und wunderbar.

1.13
Letzten Endes siegt das, was Ich allem Bin, mit Pauken und Trompeten, mit der Leidenschaft des Könners und der Unbedingtheit eines wahren Meisters der allweiten Lebensalchemie. Vor Mir selber habe Ich Mich nicht zu fürchten, auf Meiner Ebene sind alle Dinge hoch bedeutend und in diesem Sinne sagenhaft und virtuos. Jeder der da ist, braucht sich nur vorbehaltlos und mit jeder Faser seines Wesens in Mein Sein zu stellen und schon ist er gewappnet für jedwelche Kämpfe und Querelen, die er zu bestehen hat in seiner gotteswürdigen Karriere. Wer mit Mir ist kann niemals gegen die erlauchten Ordnungen der Welt verstossen; wer Meine Sache fördert, trifft den Nagel auf den Kopf und getraut sich, selbst vor dem potentesten Diktator, nicht zu resignieren.

Es ist so einfach, Meiner Götterherrlichkeit zu trauen, wenn du dich nur vertraut machst mit dem Seidenglanz der ewigen Vernunft, wie mit der

Köstlichkeit und Würde ihrer Gaben. Das geht so weit, dass Ich Mich allen Schmucks entäussere, um bei den Armen arm zu sein und bei den Unbegabten töricht, damit sie sich vor Mir aus Mangel an Genie niemals genieren müssen. Denn die Geringsten wie die Genialsten gehören ja zu Meiner hochgeschätzten und von Meinem Geist durchflossenen Geschwisterschar. Was ihr auch fehlen mag, Mir fällt es federleicht, es zu ersetzen mit der Liebe einer guten Mutter zu den Ihren. Du brauchst Meine Inbrunst für Gerechtigkeit und Seinsgediegenheit, Versöhnlichkeit und Lebensliebe nur zuinnerst zu erkennen und schon darfst du dich erhaben über alle Nöte und Behinderungen fühlen. Dies Gefühl wird dich bis in den Tod begleiten, wenn du's nur zu pflegen und erhöhn bereit bist als ein Würdiger vor weitgespannten, offnen Toren. Hüpfst du hinein, umfangen dich die Geister der holdseligen Einsicht in Mein Wesen und sie offenbaren dir, dass es im tiefsten Grunde auch das Deine ist, aus der Welteneinheit und der Wirkung Meiner Gegenwart geboren. Was du immer Bist, ist Meines Seiens Attitüde, die als absolutes Vorbild vor dir steht, um dir das Ewige und unerhört Verheissungsvolle zu erklären. Deine Wende ist der Umschwung Mir und Meinem makellosen Sein entgegen, dein Heil erhebt sich aus den Trümmern deiner Selbstheit in die Morgenröte Meines wonnevollen Weltentages.


1.14
Welche Sorge trägst du noch von dannen, nach der Audienz bei Meinem Göttersein und Stil? Wenn du erfasst hast, was du Mir bedeutest, keine mehr. Es weht der Wind der gläubigen Glückseligkeit durch dein Gemüt, sowie du dich erkannt hast als der Träger Meiner Wertbeständigkeit, wie Meiner treff-

lichsten und vertraulichsten Geistesgüter. Es wird in dieser Zeit so etwas wie ein neues Buch vor der gesamten Menschheit aufgeschlagen, durch welches ihr Bewusstsein von sich selber, wie von Mir, geschärft, hellsichtiger und gottergebner werden soll, im selben, benedeiten Zuge. Du liesest dich ins Buch hinein und kommst viel grösser und bedeutender aus ihm heraus, als du dir jemals warst, denn Meine götterherrliche Belehrung hat dir wahrhaft gut getan. Ich will, indem Ich deinen Willen stärke, eine Welt der Wohlanständigkeit und Herzensgüte, Seinsglückseligkeit und Gottgefälligkeit in dir erschaffen, die ihresgleichen sucht und die ein makelloses Vorbild ist für jene, die dasselbe sehnlich in sich etablieren wollen. Da kommt es nicht auf die Beredtheit an, sondern auf das Stillesein vor Dem der ist und der die köstlichste Erkenntnis flüstert in dein harrendes und hoffendes Gemüt, wenn es nur offen ist für neue, immergrüne Satzungen für's menschengöttliche Zusammenleben.

In Bezug auf deinen Zustand geistiger Natur scheint Mir Mein Wort wie in den Wüstensand gerufen. Doch in seiner Kraft und Götterherrlichkeit muss es von diesem unwiderstehlich in das Herz der Menschheit wiederhallen, bis sie begriffen hat, wie sehr Ich ihr persönlich weise zugetan und zugeordnet Bin. Das wirkt sich aus zu ihrem Heil und zur Vermehrung ihrer Würde, Zug um Zug im Sinne des Unendlichen, das Ich vor ihr verbreite.

Was du von Mir auch nur ein einzig Mal als wahr und transparent erkannt hast, wird es immer bleiben, wie zum Beispiel, dass Ich Bin und dass du Bist geformt nach den Prinzipien des reinen Seins, in dem sich alles was da ist, aufs Wohlgeborgendste befindet. Es ist die Stätte der Erlösung für die vielen von dem Erdenwahn, das ruhende Gewissen mitten in den Stürmen einer Welt des Haders und der Überheblichkeit, der Sinnenfälligkeit und des gesamtwirtschaftlichen Rumorens. Du hast dich hier zu tummeln, um zu lernen, wie man Mensch und Gott ist in derselben Qualität, Unsterblichkeit und Unerschöpflichkeit, wie es schon immer für die avancierten Seelen war. Sie erzählen dir vom Glück, das sie in ihrer Himmelsschau erfahren und führen dich in deinem würdevollen Schreiten zu den Höhen der Erkenntnis deiner geistigen Natur, die deine wahre Heimat ist und dein herzinniges Vermögen.

Sei und wende dich damit Mir zu mit allen deinen Fibern und Errungenschaften, deiner Anmut und Gewissenhaftigkeit in Sachen Sein und Dich-in-Mir-als-im-Unendlichen-aufs-Innigste-Verlieren.


1.15
Heller auf der Platte als Ich kann kein Erdengänger sein, das ist hier ein- für allemal hervorgehoben. Du benimmst dich zwar wie einer, der da weiss, in deinem An-dir-Wüten, doch eben damit zeigst du, dass du von Meiner Gottesweisheit keinen blauen Dunst verstehst, du magst noch so sehr auf deinem Recht beharren. Es muss dir schon hoch ange-rechnet und mit goldnen Lettern gutgeschrieben werden, wenn du dich zum Mindesten um klares Denken und empathische Empfindungen bemühst, um mählich auf den gloriosen Weg zu Mir zu kommen. Darauf kannst du dich verlassen, dass auf diese Weise alles blüht und duftet für dich im Vorübergang der Zeiten. Wunderbare Ordnung herrscht und Harmonie mit allem, was da ist, in deines Wesens Wohlbedacht und Witterung, Salut und sicherem Bewähren. Ist dir das Sein bekannt, brauchst du nichts weiter mehr zu wählen, denn

dem Vollendeten muss nichts mehr beigefügt noch weggenommen werden. Wahrhaftigkeit und Liebe zu verströmen ist fürderhin dein Los und deinen Lippen ist gegeben, von der Lebenslust und Heiterkeit, Holdseligkeit und Wonne zu erzählen, deren gottgesegnetes Arom dich immerzu beseelt.

## 1.16

Ein Wink von Meiner Seite und schon bist du hinweggefegt aus Meinen Blicken, ein wohlgemessens Langen und du bist Mir wieder nah zum Dank für eine gute Tat, die du voll Herzlichkeit getan. Gedankenkräftig und verschwiegen ist, was Ich zur Wirklichkeit gestalte, eine Fülle genialer Überlegungen, die sind und die sich zu Gestalten und Gebärden im Allüberall formieren. Du bist eine von den Myriaden, die sich tapfer und gekonnt, vielschichtig und manierlich durch Mein Sein bewegen, um dem Leben strahlenden Erfolg und sanfte Würde abzutrotzen. Dabei geht es dir nicht nur ums blanke Überleben, sondern um die Seinsbegeisterung, die noch in jedem schöpferischen Akt zutage tritt, unter deinen, wie auch unter Meinen zielbewussten Händen.

Relevant ist immer das gemeinsam Ausgeführte, das den Duktus der vollkommenen Gerechtigkeit und Lebensliebe offenbart, denn nur was Herzensfreude und Behagen generiert, ist wahrhaft schön. Hast du das Da-Sein recht begriffen, ist es für dich ein wundersam gesegnetes und seelenvolles Unterfangen, das sich im Geiste abspielt und in der Lebenswirklichkeit vollzieht. Der Vollzug jedoch ist gegenüber dem Erwachen der Idee schon ein Vergangenes, das allem hintennachhinkt, was im Geistraum Spitze ist und wundertätiges Vollbringen. Somit machst du Mir mitnichten etwas vor, wenn du

23

dich noch so sehr beeilst, denn immer ist der Anstoss und erschütternde Elan bei Mir gewesen. Gerade deshalb sollst du dir beständig und bescheiden auf die Finger sehn, die im Grund genommen Meine sind in der Geschäftigkeit der Lebenstage. Dockst du deinen Sinngehalt hier an, so sag Ich dir, dass du goldrichtig liegst und vollends auf der Fährte, die Ich voll Sanftmut vor dich hin drapiere. Und wohin muss sie führen? Schliesslich bis hinauf ins Regelwerk der Sterne, wo dein wie Mein Bewusstsein sich verschwebt, um Dynamik kosmischer Natur und sinngerechte Poesie in Fülle zu gebären. Sieh, das Unendliche ist so nah und gleicht dem superprovisorischen Gedanken, der schon im Werden wieder ins bewährte Nichts verfliegt, derweil Ich hinter allem alles Bin, was ist und was in Meinem Sein den zeitlosen Anfang, wie das ewige Ende findet, in sich selber aufgehoben und erfüllt von wonnevoll erscheinenden und liebeszart zerfliessenden, beseligenden Geistesträumen.


1.17
Der Kern der Gottessache ist seit eh und je die Energie, mit der Ich Mich in allen Welterscheinungen aufs Trefflichste reproduziere. Es weht der Wind der Weisheit durch die Gänge Meines schaffenden Genies und wärmt und heiligt alle Wirklichkeiten, die aus ihm erstehn. Meine Sinnkraft ist unendlich tapfer, licht und schön und erfüllt sich in Gesängen reiner Anmut, Grazie und Lebenstüchtigkeit. Sie entsprechen vollends dem, was Ich Mir im All, sowie im Einzelnen, voll Selbstbewusstheit Bin und bleibe, ohne nach dem Wenn und Wie zu fragen. Ich überkomme alles, was da ist, mit der Behutsamkeit der Zeitenfolgen die es schufen,

derweil Mein übergleitendes Gewissen sich mit Wohlbedacht um alle Werte kümmert, die Ich ihm mit auf seinen Weg gegeben. Rational ist nicht zu fassen, was Ich seit Äonen liebelicht vollbringe, doch im Herzen ist es trotzdem süss und sämig, wohlbekömmlich und frugal. Dir soll nicht der leiseste Verdacht gelingen, dass Ich nicht in deinem Leben und gelinden Streben gegenwärtig Bin zu allen Zeiten und Gelegenheiten, Meine Mission aufs Zärtlichste und Zuversichtlichste in Globo wie in Explizitio aufs Beste zu erfüllen. Es ist die Gabe unerhörter Weitsicht, die Mich im Sternenflug beseelt, den Ich Mir zur Wohlgefälligkeit und Daseinseleganz geschaffen habe. Doch am Ende hab Ich nicht Mein Werk, sondern nur Mein Sein zu zählen, das sich unter namenlosen Hochgefühlen und Besänftigun-gen, Liebeswonnen und Holdseligkeiten im Unendlichen verliert.


1.18
Immense Klarheit herrscht, wo Ich Mich im Unendlichen befinde, verheissungsvolle Strahlen fluten hin und wieder zwischen den im Sein Verklärten, ihrem reinen Glück gemäss. Es ist der gute Wille, der sich hier im Geistraum offenbart, die Seligkeit der Herzen, die in ihm ihr Dasein und den Wohllaut ihrer göttlichen Person gefunden haben. Reine Grazie des Himmels herrscht in den unzähligen Gemütern, die sich in ihrem Sein durchdringen, um sich Ihr inniges Empfinden mitzuteilen der Begeisterung die sie beseelt.
Was habe Ich dir da noch Überwältigenderes zu verkünden, als die sagenhafte Seinsbewusstheit, die die hier Versammelten intens geniessen und mit ihren so Begünstigten in Freundlichkeit und Liebe

selig tauschen. Ich erkläre dir, was du schon weisst, um es gebührend aufzuhellen und zu festigen in deiner Ich-Position. Das macht, dass du dich wie verwandelt siehst in ein unendliches Gepräge von Glückseligkeit und Munterkeit am Dasein, das sich dir in der Gemeinschaft mit den Gottesgeistern präsentiert. Es ist ein in sich selber Seliges, das du bewundernd in dir wahrnimmst in der Fülle hoher Geistessphären, wie das Summen der Verehrung dessen, was du Bist in deinem dich Verwundern. Wie von selbst erhebst du dich in Räume, wo die Zauberkraft der Sterne deinen Sinn besiegt und die Lust am Sosein wunderbarerweis besiegelt in des Seins Verbindlichkeit, Gloriole und Idol.

## 1.19

Was macht Mich so verschwiegen und zugleich erfinderisch im Pläneschmieden und -verwirklichen, sowie im Einsatz von enormen Energien für den Fortlauf der Geschichte, wenn nicht Meine geistige Prägnanz und Distribution der Mammutkräfte, die Mir eigen. Gerade, dass so Energiegeladenes geschieht zeigt, welche Macht Mir inne ist, als Sein von überwältigenden Graden. Das ganze All ist wie ein Nichts dem Schöpfer gegenüber, der Ich Bin und dessen lebenstrahlende Präsenz allweit mit Sturm- gewalt hervorbricht, unerschöpflich, glorios und genial. Wie kann Mich einer leugnen von den Wichten auf dem Erdenstäubchen im All-Hier? Welcher Wahn beseelt die wissenschaftlichen Gemüter, welche das allherrlich Treibende im Universenkreis nicht sehn. Maulwurfgänge graben sie ins Dunkel ihrer Geistesblindheit vor dem unendlich Falbelhaften, Überragenden und Gala- xienschöpferischen, das Gekonntheit, kapitalen

Sinn für Grandioses und glasklare Seinsbewusstheit offenbart.

Dass Ich Meinen Masterplan mit dir zusammen
durch Äonen treibe, kräftigt die Erkenntnis, dass die
Einheit aller Dinge nichts und niemand ausschliesst,
sondern ihres Seins Substanz und Seele ist und
bleibt in ewiger Gelassenheit und Güte, Geistes-
wissenschaft und liebestrahlender Potenz, unter
dessen Einfluss alles sich bewegt und wohlfühlt,
ausspricht und genehmigt, was Mir gleich ist, heiter,
licht und wunderbar.

## 1.20

Rotkehlchens Abenteuer dort ist nicht weniger
bedeutend als das deine, denn es haben beide Mich
als Seinsgefährten mit derselben Lebenskraft und
demselben wohlerwogenen, unendlichen Gefühl.
Sieh doch, wie auch hier die Lebensdinge an
dasselbe Fädchen angebunden sind und sich vom
selben Gottesgeiste leiten lassen müssen. Die
Bewegtheit Meiner Werte ist recht gross und kann
sich demnach nur in Meiner allerhobnen
Hemisphäre sachgerecht entfalten.

Bevor du an Mich glaubst, musst du gebührend an
dich selber glauben, denn du, als Meiner Hand
Gebilde, kannst die Welt in dir gespiegelt finden in
des Geisteslichtes zart gestimmtem Ton. Meinen
Farben ist Pastell zu eigen, Mein Erscheinen gleicht
sich dem des Regenbogens an in seiner Duftigkeit
und seinem delikaten Seinsarom. Sieh ihn als Portal
ist, das dein Sinn vom Hier ins Geistgebiet
durchschreiten kann in wunderbarer Eintracht mit
dem Meinen. Das erweitert deinen Horizont ins
Unermessliche der Geistessphären, deren Auditor,
Gewaltiger und Liebender Ich Bin, von Mir selber
eingesetzt und durch das All dahingetragen.

Wende dich Mir zu, indem du deines Seins
Erhabenheit und Götterstil begreifst und sei, von
Meiner Redlichkeit und ewiger Heiterkeit beglückt,
Mein Wesensabguss, wie Mein Grazie und
Gotteslicht verströmendes Idol.

## 1.21

Wer hinkt dir immer hintennach? Du selber in der
Art und Weise wie du auf das Seinsbewusstsein
reagierst, mit dem Ich dich zu höherer Erkenntnis
stilisiere. Dein menschlicher Verstand hat Mühe zu
begreifen, dass dich ein Göttliches belebt und dich
in allem Ernste vorwärtsdrängt, der grösseren
Vollendung und Verwirklichung entgegen. Viel zu
lange dauert es, bis du in deines Lebens Lauf ein
Neues, Wertbeständigeres und Vernünftigers dazugelernt hast im Betragen, Meinem götterlichten
Anspruch gegenüber. Du lässest dich von dem
verführen, was dir eben nützlich und vergnüglich
scheint in deiner Philosophie der schlechten Sitten
und der Eigensinnigkeit Mir gegenüber, der Ich von
dir das allgemein Verbindliche und Liebevolle will,
das deinen Herzensfrieden wie die Weltenharmonie
begründet, die Mein Ideal sind und Mein wundertätiges Erstreben.
Hast du die Absicht, die Ich mit dir hege, zutiefst
erkannt, so läuten dir die Glocken Meiner Provenienz die Friedefertigkeit im Geiste ein, die dir
Erhabenheit und Unverletzlichkeit, urewige Heiterkeit und Grazie des Himmels garantiert. Diese sind
von Mir entworfen und ins Lebensmilieu getragen,
wo sie -mitten in der Unrast- Inseln reiner Güte
schaffen von elysischer Beständigkeit und gott-
seligem Bedeuten. Das ist dann die seelenvolle
Ankunft und Gewissenhaftigkeit in Meinem Gottes-
garten, wo die Lebensdinge sich aufs Allerlieb-

lichste zusammenfügen und das Sein der Vielen dem Gemeinschaftssinn entspricht, der Einheit und Erfüllung schafft in Mir. Seinsglückseligkeit und Wonne der Gerechten ist die Folge deiner Fahrt ins Grüne der Unendlichkeit, von der Ich ständig rede, weil Ich davon besessen bin und diesen Schatz begeistert an die Wesenswelt verströme. Das wird auch dir gelingen im Erkennen, was du Bist und was von Mir voll Anmut und Gelassenheit in deines Herzens Gral hinüberflutet.

## 1.22

Wer will kann immer, was er will, verwirklichen, denn Ich erhebe seine Kraft zum Unikum der Gottesherrlichkeit, dem sich niemand widersetzen kann. Das ist nun trefflich auch für deine Lebenszeiten, denn es bringt dich in die Lage, ganz genau geradeaus zu gehn, wo andere ihr Ziel in irrigen Mäandern stets von Neuem anvisieren und verfolgen müssen. Deine Tage sind gezählt, doch wohl dem, der da rückwärts zählen kann, bis er vom Ende bis zum Anfang wieder in das Königreich gelangt, von dem er ausgegangen. Was zerstreut war, findet sich dann wieder in dem Einen, das in überirdischer Gelassenheit und Würde, Seinsgewissheit und Unsterblichkeit sich selbst erkennt, bewusst und weltgedankenfroh. Exakt an dir liegt es, den Nimbus der Gottseligkeit mit heiterer Geduld in Meinem Sinn zu pflegen, bis er sich als wirklich, alles überragend und mobil erweist, um in jeder, noch so deplorablen Situation, zu seinem Recht und seiner Überlegenheit zu kommen.

Erkenne, was Ich Bin und schau dir aller Welten Listen an, um endlich doch herauszufinden, dass dein Name völlig unversehrt auf ihnen steht in vollem Einklang mit dem Meinen. Das gibt dann ein

Fest des Ineinanderflutens der Gedanken und Gefühle, die von Liebeszartheit, Herzbewegtheit, Heiterkeit und seliger Unbeschwertheit was verstehn. Im Reich der Gottesgeister und Erhabenen herrscht ruhige Gewissheit von den Ordnungen des Himmels, die an ihrem Sein vollendetes Genügen finden. Im freudevollen nie verebbendem Erfühlen der Gottseligkeit, die alles, was da ist, durchweht, erleben die von Mir Geheiligten den Herzensfrieden ohne Mass und Ziel. Unendliches geschieht in ihrem hingegebenen Gemüte, das sich wie die Sonne mit Mir in den Universenraum verstrahlt in hehrer Geisteswirklichkeit und siebenzartem göttlichen Genügen.

## 1.23

Wer kann es sich leisten, sich von der Front zurückzuziehn und sich im reinsten Sonnenlicht zu baden? Ich allein, weil Ich beileibe keine Feinde habe. Es sollte dir längst klar geworden sein, dass Meine erste Pflicht darin besteht, Mich selbst zu hüten und damit dem, was Ich Mir Bin, die Krone aufzusetzen. Wer hütet dich, ist hier zu fragen? Niemand anderes als Ich, der Ich dich Bin mit Haut und Haar und Meines Geistes unvergleichlich genialen Zügen. Nur, dass du das erkennst - und Mich gewähren lässest in der Folge des geschickten Aneinanderfügens trefflicher Gedanken, die Ich allen Meinen Welten voll Vertrauen zur Verfügung stelle.

Was hier vor dir aufblüht ist des reinen Seins allherrliche Gebärde, deren Duft und Strahlen aller Welten Dinglichkeit durchweht und damit erst ihr Wirkliches begründet in gottseliger Manier.

Du läufst und läufst und kannst Mich doch nicht finden all so lange, wie du nicht dein warmes Herz erforschest nach dem Sinn der Welt, der Ich Mir treulich Bin in dir und deinen Angelegenheiten. Erst wenn dir das gelungen ist in wunderbarer Übereinkunft mit dem Gotteswillen, hat dein Lebenswerk Profil und Sitte, Wohlgestalt und Grazie des Allerhöchsten, denen nichts mehr beizufügen ist im Hier, wie in der Redlichkeit der Sterne, zu deren Glanz sich dein Bewusstsein weitet und im Glückseligsein vertrauensvoll erhebt.

## 1.24

Vom Quadrat zum Kreis erhebt sich das Ich Bin, und von da zum Ins-Unendliche-sich-Verkreisen Meiner Geisteskräfte im Allhier. Ich kann Mich selbst betrachten als vom Unteren nach oben strebend, wie auch als sich selbst verdichtendes Gewoge von Gedanken, bis es, wie erstarrt, zur irdischen Wirklichkeit gerät. Immer ist es doch dieselbe Einheit allen Seins und Lebens, deren Fülle Ich Mir selber Bin in weisem Das-Allweltliche-in-Mir-Vereinen.

Alles was sich hier bewegt, ist in der Tat im Unermesslichem auch Mein Bewegen. Was gefühlvoll durch die staunende Gedankenkette perlt, ist das herzinnige Erstaunen über Mich und Meine kosmisch angelegten Aktionen. Es entspricht der Würde Meines Seins, dass Ich von dem verehrt und angehimmelt werde, was Ich Mir in Millionenträchtigkeit erschuf. Aus Meinem Geistesschosse strömt ein unvergleichlich reicher Segen in die Pracht der Schöpfung, deren unverzichtbar reiner, feiner Hüter Ich Mir Bin im Andersartigen.

Wer immer sich geziemend heiter, redlich und genügsam vor Mir aufführt, kann bestimmt mit der Trophäe der Erhebung ins Bewusst-Sein rechnen, von Mir inszeniert und ausgeführt, bestätigt und für

31

alle Zeit mit der unendlichen Glückseligkeit aufs Innigste verwoben.

# 2

# Schweigen der Unendlichkeit

## 2.1

Gerade vor dir liegt das Schweigen der Unendlichkeit, derweil du dich im Lärm der Welt genüsslich badest und von all dem Weisen, das Ich dir verliehen habe, nichts verstehst. Einem Kinde gleich spielst du mit Meinen Wundergaben und verhedderst dich dabei in hundert Ränke, Schwänke und Verstiegenheiten, bis du einsiehst, dass es so nicht geht und du gebührend Hilfe nötig hast von Mir. Da geschieht es dann, dass deiner Werdelust ganz neue Bahnen zugeordnet werden, als von Mir berechnet und auf Effizienz geprüft und freigegeben. Die Gewinste sind dabei unendlich gross und lassen dich in Freuden schwelgen ob dem Ausgezeichneten, das du erlebst.

Dein Vertrauen in Mein Wort und Mein Bewirken war noch nie vergebens, denn es zeitigt Resonanz vom Allerhöchsten, das da ist und das beständiger denn du durch Zeit und Ewigkeit besteht in seinem Sich-voll-Seele-selbst-Begründen. Hast du Mich zu deinem Führer und Idol, Erretter und galanten Träger deiner Sendungen erwählt, gewinnt dein Ansehn und Verdienst Profil und kann sich mit den Besten und Bedeutendsten vor aller Augen sehen lassen, in der Dingwelt wie im ewigen Revier. Es kann dir nimmer schaden, ganz auf Meiner Seite und Präsenz zu stehn, denn wo Ich Bin, sind alle Dinge hochsensibel, gottgesegnet und lojal dir gegenüber, in holdseliger Manier. Es weitet sich dein Sinn wie nie zuvor voll Liebe ins Unendliche der Geistesspähren, deren würdiger Patron und Pate, Edelmann und Steigerer Ich Bin, in wunderbarer Übereinkunft mit den Meinen. Ich Bin das Eine, das mit unerschütterlicher Sicherheit und Kraft dem All gerecht wird, das es sich zur Zierde, Selbstgewogenheit und Grazie geschaffen hat in nimmermüdem Disponieren und Regieren, Auferstehn - und Federn lassen im allgewaltigen Allhier.

Willst du mit einem Werke eigner Prägung reüssieren, suche vorerst zu ergründen, was dein Eigen ist solange, bis du inne wirst, dass dir im Grund genommen Nichts gehört, weil alles Mir, dem Sein, entspringt, was ist und was den Räumen und Unendlichkeiten ihren Charme verleiht und ihr Behagen. Gibst du Mir zurück, was dir nur zu gehören scheint, so siehst du dich in Mir erwachen und, im vollends Mir-Gehören, aufblühn wie der Lotus im verschwiegnen Teiche, den der Himmel küsst mit seiner Sonne liebelichtem Strahl. Du gibst dich der erhab'nen Wonne hin, als Sein im Sein vor dir zu stehn und die Vereinigung mit dem All-höchsten aufs Intimste zu geniessen. Geistesglück durchflutet dich und Seligkeit der Sterne in der Schau auf was du Bist und was sich dir in der Vollendung deiner selbst als Geistgeburt herz-inniglich ergeben.


2.2
Sofern dein Wille intakt ist, solltest du zu allererst dein Sein erkennen wollen, weil in diesem Tun das Wesentliche liegt für's ganze Leben. Dem Sein entsprungen, das Ich Bin, hast du dich vollends an das Weltliche verloren und bist darob in merklicher Gefahr, den Ausgang aus dem Labyrinth der Myriaden Lüste und Notwendigkeiten, Kalkulatio-nen und Verstiegenheiten nimmer zu erreichen. Es ist dies Grab im Geiste, das dir droht, beileibe nicht das Irdische, wenn du im Finstern wandelst Tag für Tag, das heisst, wenn du des Lichts entbehrst, das Ich dir gütig ins Gewissen sende. Es ist dir nah und ist dir doch verschlossen all so lange, bis deine Sehnsucht übermächtig wird nach dem Erkennen

des verehrenswerten Sinngehalts im Leben. Du lernst der wütenden Gedankenflut gebührend Einhalt zu gebieten und erfährst damit im Raum der Stille endlich das so Köstliche, das Ich dir liebevoll besage. Wie schwere Schatten fallen Lebensängste, Nöte, Argwohn und Behinderungen von dir ab und aller Welten Zuversicht erstrahlt vor dir im reinen Geisteslichte, das Ich dir vergebe. Bald ist der allerletzte Seufzer in das Nichts verflogen und die süsse Melodie des Absoluten ist dir eine Quelle namenloser Heiterkeit und Harmonie, die stillt dein durstig Herz und lässt dich frei und selig himmlische Glückseligkeit eratmen.

Du weisst, dass dir die Dinge der Allherrlichkeit wie nie zuvor zur strahlenden Verfügung stehn und dir fortan wie Perlen durch die zarten Finger gleiten. Ob dem Glück, das dir geschieht, vergissest du die Zeit zu zählen und ruhst in dem Unendlichen, das du dir sanft und zärtlich, licht und froh geworden bist in Mir.


2.3
Der grösste Teil von denen, die über Gott reden, wissen überhaupt nicht, was sie damit meinen. Ihr Bewusstsein ist nicht fähig, sich ein Geistiges vorzustellen, also Mich, der über alles Seiende bewusst und fürstlich, feierlich und väterlich regiert. Damit aber geben sie sich Illusionen hin, die sie weit weg vom Seins-Lebendigen auf eine völlig falsche Fährte führen. Sie erleben sich als etwas, das nicht ist und glauben gar zu sterben, derweil sie ganz gewiss mit ihrem Wesen in Mein geistig Königreich hinübergehn.

Dann tritt ihr Bewusstsein von der Welt, wie von sich selbst. in eine neue, wunderbar reale Dimension, an der sie ihre Freude, ihre Seinsgewissheit und ihr wunderbar gesättigtes Genügen finden. Alles ist dort wirklich, wesenhaft und wahr, was sie in sich empfinden und was so köstlich, unvergänglich und erhaben ist, dass sie sich darob vor Wonne kaum zu lassen wissen. Das Wahrhaftige und Liebevolle hüllt sie vollends ein und spendet ihnen Sicherheit des Absoluten und Gottseligkeit in reinster Signatur. Was vordem neblig und verschwommen war, ist nun ins Strahlenlicht der seligen Erkenntnis von des Seins Befrieden und Genie getaucht, die sich vor dir bis ins Unendliche verbreiten und dir die Universenruh bereiten, lind und wohlgesinnt und wunderbar.

Geschäftig wie du bist, wirst du Meinem Sang und Klang so leicht nicht glauben, doch schon naht sich dir unweigerlich die Stunde der Erleuchtung, die dich Meinem Wesen in dir wunderbarerweis entgegenführt und dir offenbart, dass du dir ganz dasselbe Bist was Ich Mir Bin und was die Welt zusammenhält in ihrem unbewussten Über-Sich-Verfügen. Das ist dann die Glorie des Allerhöchsten, die dich leise und glückseligmachend überkommt, ganz ohne sich zu zieren. Du Bist Mein Bild und Bilderbuch in einem und darfst das Eine kosten, das wie eh und je dem Dasein vorsteht als der Keim des Lebens und der Liebe, der Bewusstheit und Natürlichkeit in der urewig gütig sich verströmenden, bewundernswerten Geistnatur.


2.4
Was gibt es noch für Fragen, nachdem Ich dir die Deinigen gelöst und deinen Sinn nach Meinem ausgerichtet habe? Ohne Zweifel weisst du nun, wogegen du den Schild erheben und wofür du kämpfen sollst, um deinen Ehrenkodex fürstlich

aufrecht zu erhalten. Aufwärts geht's nur, wenn genügend für die Klarheit der Gedankenflüsse, wie die Überwindung vieler Hürden, Buckelpisten und Verwerfungen getan wird auf dem Lebenslauf, in wohlgesetzten Runden. Mehr denn je steckst du in Nöten, deren Klärung Meiner Hilfe und Beweglichkeit bedarf im Feld der ungezählten Operationen. Meiner Übersicht gemäss vollendet sich das Weltgetriebe schliesslich in der Herzensharmonie der Einzelnen und dann der Vielen, die zu höherer Einsicht und damit zu ehrenhafteren Verrichtungen gelangen. Wie eh und je will Ich die Welt beständig, licht- und lebensfroh, damit die Prophezeiung sich erfüllt: Wie satte Trauben sollen sie an Meinem Weinstock hangen und von Mir genährt und auf gesundem Trab gehalten werden. Wer Ohren hat zu hören, weiss schon jetzt, von welcher Fülle und Verwegenheit, balsamischen Bedachtheit und von welchem Liebreiz Meine Worte triefen. Sie führen die weltoffenen Gemüter steil hinan in Meiner Geistesgründe güldene Unendlichkeit und lassen sie ihr Sein in Meinem liebevoll und tatenträchtig, ehrenhaft und wonnevoll verspielen.


2.5
Wohin des Wegs?: des Staunens ist kein Ende, so du dir den Meinen auserwählt. Deiner endet wo du bist und beginnt damit in dem der ist im Wunder der Unendlichkeiten. Da wird dir offenbart, was Ich dir Bin und was du Bist als Geistgeborener und Herrscher über Latifundien, von Mir gegeben und geführt und deiner Willkür preisgegeben. So soll es sein - und du bist klein, solang du nicht in Meiner Glorie erstehst und dich dir selbst entäusserst in der Grosstat göttlicher Manieren. Da gibt es viel zu tun,

bis deine Willenskräfte wieder selig in Mir weilen und deine Seelenwunden heil sind, Meinem Gotteslicht dahingegeben.

Nur wer sich wandelt, ist mit Mir verwandt, will Ich hier sagen, denn das Lebendige verströmt sich unaufhörlich, unnachgiebig und lojal dem reinen Sein entgegen. Wann erlebst du dich als Mich, von dem es heisst, er sei der Nimbus aller Zeiten und Begründer unermessner Herrlichkeiten?: sowie es dir gelingt, dir selber zu entsagen und in Meinem Geiste gütestrahlend und frohlockend als Verklärter wieder aufzuragen. Das ist der Kreislauf Meiner selbst durch Generationen und Verbindlichkeiten; es ist das A und O der Weltgeschichte, der Ich meisterlich und majestätisch übersteh. In Meinen Universenhöhn herrscht Ordnung, Harmonie, Gewissenhaftigkeit und Seligkeit des Absoluten, das sich weder an die Zeit noch an den Raum erinnert, die es einst für sich erschuf. Hier sind Herzensfrieden, Wonne der All-Einheit wie die Grazie Elysiens präsent und alles, was Ich Bin, ist von ihrem friedevollen Duft durchdrungen.

Mach dich auf und schau dies auch in deinem Höchlich-dich-Verwundern und schaue weit und gut mit regem Blut in dieser heilen Stunde was dir frommt und was Ich gnädig für dich auserlesen.


2.6
Wohlan, es scheiden sich die Geister: zuerst das Chaos, Meiner Treu und dann in ihm die wohlerwognen Dispositionen, die sich ordnend und gewinnend über alles legen, was da ist und was sich in erhabnen Bahnen wunderbarerweis bewegen soll für Ewigkeiten. Wo Ich walte walten Wohlgeborgenheit und Frieden, Herzensgüte und Gelassenheit in Universenweiten, die kein Weltenwandrer je betritt,

es sei denn, Meiner Geistigkeit gemäss in gott-
seligem Über-sich-Verfügen.
Sind viele Weltendinge auch mit hehrer Dauer und
Konstanz geschlagen, sind sie doch nicht
seinsstabil, wie Ich es Bin, im alles überragenden
Mir-selbst- Gebieten. Ich muss nicht kommen und
vergehn, weil Meine Kräfte ohne weiteres bis ins
Unendliche reichen. Mein Witz und Mein Genie
erhalten sich per se in nie verebbender Famosität
und Fülle und belegen das Erstaunliche, dass es
Mich gibt und dass kein noch so kluges Wenn und
Aber je vermag, Mich wegzudiskutieren. Die Schar
der selbstverliebten Narren im kosmologischen
Irgendwo täte gut daran, sich mehr an Mich zu
halten, als an ihre wissenschaftliche Doktrin, die
alles schön zu regeln scheint und dennoch alles
durcheinanderwirft in der Absenz der gottbegnadeten Erkenntnis von dem Sein, das allem
innewohnt und das Ich Bin im Ausserordentlichen.
Eratme das Arom der Güte, das voll Zartheit,
Lichtheit, Geistigkeit und Da-Seins-Wonne Bin und
das die Weisesten der Weisen seinsbeglückt und
selig in sich aufgenommen haben.


2.7
Was willst du anderes von Mir hören als das
Höchste, das es zu erklären gibt aus Meiner
göttlichen Regie? Das ist klug gedacht und wird von
dir mit überragendem Gewinn voll Seele aufgenommen werden. Die frohe Botschaft lautet: Du bist
dir selbst ein Ass der hunderttausend Möglichkeiten
deine Erdentage bestens zu bestehn, indem du
einsiehst, wie kategorisch und final Ich deine
Lebensschritte leite und selbander mit dir Meiner
götterlichten Wege geh. Dies innig zu begreifen wird
dir eine Würde ohnegleichen und ein Geisteskapital

von unschätzbarem Wert bescheren, denn es hebt dich über alles Kleinliche und Kindliche mit einem Schlag hinauf in Meine gottbegnadeten Bewusstseins-Sphären.

Wie sinnlos mag dir, ohne Meine Gegenwart, das ganze menschliche Getriebe und Getue, Getuschel, Patriotentum und vielgeliebte Scheffeln von Dukaten scheinen, wenn dir doch alles von der Nase weg nur allzubald ins absolute Nichts verflattert. Dagegen zeigt dir Meines Seins unendliches Facettenspiel, wie erzieherisch die Weltendinge auf die Individuen wirken und sie über Generationen zu verehrenswerter Redlichkeit, Herzinnigkeit und Seinsbewusstheit führen. Die Geistesräume Meiner Provenienz und Güte sind nicht hohl. Sowie du dich in ihnen aufhältst, schenken sie dir das Gewissen von der Schönheit allen Schöpfertums und Anstands, Tapfer-Seins und Mich-Verehrens als den Gott der Weisheit und unendlichen Gewandtheit im Allhier. Das ist dann die Wende in dir hin zum Sinn und zur Erhabenheit des Lebens, das du führst. Deine wahre Zukunft ist das All-Gewissen, Meine Fülle fällt dir in den Schoss und vergoldet deinen Wandel von dem Zeitlichen ins Ewige und Wonnevolle, Heile und All- Heilige in Mir.

2.8
Glaubst du ein Fünklein Lichts zu sehn in deinem Herzen, ist es sicherlich von Mir, um dich innig zu erfrischen in der so prekären Lebenssituation. Eine Tranche Glück ist auch für dich von Mir zu haben, um dein Herz zu weiten und ihm Unendliches zuzuhalten. Je gewisser du Mein Dasein in dir spürst, umso freundlicher wird dir das Leben. Eine klare Diktion tritt auf, von Mir gefördert und belebt,

die stärkt dein Ja-Wort zur ereignisvollen Zeit, in der du lernst, dich richtig zu benehmen. Was dir vordem unverständlich war, erweist sich auf die Dauer als ein wohlerwognes Aneinanderfügen von Ereignissen, die allesamt auf eine Mehrung deiner Klarsicht und erhebenden Erfahrung zielen. Es ist Mein Hochgebot, Mich selbst in dir zur Himmelsseligkeit zu führen, die alles, was da ist aufs Innigste versteht und tiefempfundne Freude hat am Sein und Leben. Das ist dann der Moment, wo Ich in deinem Seinsbewusstsein aufs Entschiedenste und Wunderbarste dominiere, derweil die Perlen reinsten Glücks durch deine Seelenräume gleiten. Auf einmal stimmt, was früher höchst verworren war und, was dich arg beschwerte, hebt dich nun ins Himmelreich von Meiner Grazie und Meinen mannigfachen Gnaden. Du Bist, um Meinen Seinselan und Meine sagenhafte Geistesstärke auszuleben; du atmest siebenfache Freuden ob gar manchem Leid, das Ich in dir aufs Schicklichste und Gotteswürdigste ertrage. So ist alles, was da ist, zur Einheit allen Seins verwoben und ergänzt sich wunderbarerweis zu einer Fülle des Geschehns von unsagbarem Wert und überragendem Bedeuten.


2.9
Aufs Geratewohl gewöhnen sich die Menschengeister an das Evangelium, das Ich in ihre Herzen träufle, bis es ihnen schmackhaft ist mit seinem Ernst und seinen sanft gewellten Flötentönen. Mal da mal dort mag einer murren ob dem Wohlverhalten, das es fordert, doch es kreiert zugleich bemerkenswerte Harmonie und lässt die Gläubigen voll Seele aufeinander zugehn, wo es immer sei, in vielgeschäftigen Tagen. Das Soziale baut sich wie ein Körper auf im Volke, wenn es redlich seine

Menschenpflicht erfüllt und dabei Mir im Geistrevier den Vortritt lässt in der Schicksalhaftigkeit des Lebens. Denn im Grund genommen weiss nur Ich, der Grandiose, wohin die Weltenreise geht, die du in Mikroschritten mitvollziehst in deines Daseins Heldenmut und köstlichem Behagen. Mein Einfluss auf das Ganze ist, wie immer, hochbedeutend und betrifft auch jeden Weltenbürger, so sehr er auch sich selber sein will in der Choreographie der Lebenszeiten. Von allem Anfang an hat es nichts Schöpferischeres als Mich gegeben, der Ich Bin und dessen Hauch voll Inbrunst über allen Wassern schwebte, segnend und aufs Äusserste lojal. Ich Bins, der mit natürlichem Begaben deine Tische deckt und der dich mit Ideen füttert, was noch zu unternehmen sei, um dir das Dasein sicher und bekömmlich zu gestalten. Nur das macht dich so wunderbar erfinderisch und genial und versieht dich mit den schöpferischen Qualitäten, die das unmöglich Scheinende erst griffig und plausibel machen in der langen Reihe deiner Siegestaten. Bin Ich dein Wille, Bin Ichs durch die Tugend, die du annektierst, noch viel, viel mehr. Mein Gotteswort wie guten Samen säend gehe Ich im Menschenreich umher und schaffe Frieden, wo der Argwohn glüht und Zuversicht, wo sich Probleme scheinbar allgewaltig in den Himmel heben.

Machtvoll und zugleich voll Süsse dirigiere Ich, was Ich Mir aufgetragen; ganzheitlich und gelassen herrsche Ich im Reich der Myriaden Möglichkeiten, das Mir untertan und dessen ausserordentlich geschmeidige Geselligkeit du Bist in Meinem Auftrag, Meinem Schutz und Meinem götterlichten Wohlgelingen.

## 2.10

Wohl dem, der seine Sache Mir vertraut und seines Lebens Blüte an die Meine hängt im ewigen Kreislauf, den wir hier vollführen. Wo keine Trennung ist, kann es auch keine Ungereimtheit und keine falschen Flötentöne geben. Dasselbe Blut, dasselbe Gut ist zu verwalten und das Eine hilft dem Anderen, die existenziellen Prüfungen aufs Beste zu bestehn. Mein Schild ist wehrhaft über Welten ausgespannt, die demzufolge ihres Friedens und Gedeihens sicher sind für Ewigkeiten. Das Schöpferische braucht enorme Ruhe für sein Tun und innere Erhabenheit in seinem Alle-Lebensdinge-ins-Vollendete-Verwandeln.

Ich Bin dir gut in allen Disziplinen, die der Förderung und Perfektion aufs Dringendste bedürfen, denn ohne diese kann das Ideelle und aufs äusserste Bewundernswerte nicht bestehn. Auch für dich sind die erwartungsvollen Zeichen wohl gesetzt am Schicksalsweg und können von dir nimmer übersehen werden. Befolgst du ihren Wink in Treue zu dir selbst und deinen Ahnen, kann Ich dir das Auferstehn bereiten in die Sphären Meiner Huld und Süsse, Grossräumigkeit und summenden Glückseligkeit in einem. Es gibt das Heil der makellos gewordnen Seelen, die in Trautheit und Verschwiegenheit mit den erhabnen Gottesgeistern Umgang pflegen. Das ist dann auch für dich das Allerwürdigste und Wohlbekömmlichste, was dir geschehen kann für alle Zeiten und Verbindlichkeiten im Allhier.

Bist du fromm und friedevoll geworden, frommt es dir, dem Ursprung deines legendären Glücks, natürlich Mir, Aug in Auge zu begegnen, um dem Vater aller Dinge unvermittelt deine Huldigung und Liebeszartheit zu erweisen. Hoch gehn die Wellen der herzinnigen Emotionen, die dich dann beseelen und in diesem Zustand kannst du Meines Segens sicher sein von Herz zu Herz, von Geisteslicht zu Geistes-Seligkeit in der Präsenz des Allerhöchsten, die dir Ratschluss, Seligkeit, Metamorphose und Erfüllung deiner Sehnsucht ist in wunderbar erhabener Manier.

## 2.11

Deine Gegenwart im Sein ist das Natürlichste der Welt und wird es immerwährend bleiben. Ich leiste dir Gesellschaft von der feinsten Art und Weise, die man sich denken kann, indem Ich dich von Innen her begüte und mit Weisheit überschütte, träf und optimal. Was Ich dir Bin ist nicht mit Gold und schönen Worten aufzuwiegen, denn mit seiner überirdischen Substanz hebt es dich in die Sphären reinsten Wohlgelingens und Gesundens an dir selbst im Übersinnlichen. Da klären sich die Lebensdinge wie von selbst zu einer Selbstverständlichkeit von götterlichten Gnaden, die dich zutiefst beglücken und dich in den Zustand überirdischer Gelassenheit versetzen. Auch dir ist dieser Ansatz offen, denn das Sein macht zwischen arm und reich, nicht recht bescheuert oder blitzgescheit nicht den geringsten Unterschied. Es ist und trägt die sich in ihm erkennen fraglos und beschwingt ins freudestrahlende Elysium, in dem die nobelsten und wägsten Geister aller Zeiten wohnen. Erfühlst du dich als einer von den ihren Bist du schon jetzt im Zeitenlosen und erfüllst, die dich erdachten, mit Bewunderung ob deinen Fähigkeiten, die von Mir durch deine lichte Seele in die Lebenswelten fliessen. Also mach dich schleunigst auf, um dieser Siegespalme Duft für dich und die Gottseligkeit und Würde deines Wesens zu gewinnen, leichten Sinns und sinngeladen hoch und her.

## 2.12

Kannst du ermessen, wieviel Seinselan und Geistesschwung von Nöten ist, um eines Universums Aberwitz und Gloriole in Bewegung und Betrieb zu halten? Läuft denn in deinem Glauben alles wie geschmiert auch ohne, dass ein wohlbegründeter Befehl die involvierten Riesenkräfte lenkt zum trefflichen Gedeihen? Mir sind die treibenden Gesetze wohlbekannt, von deren kapitaler Mitte alles seinen Ausgang nimmt, weil Ich sie selber ausgeformt und eingerichtet habe. Der reine Zufall wäre unstabil und endete chaotisch, währenddem Mein Walten Harmonien generiert von himmlischer Gelassenheit und beglückendem Sich-Selbst-Begreifen. Hoch erhabenes Bewusstsein ist vonnöten, um die Göttertat der einigenden Vielfalt zu vollbringen; All-Liebe füllt immense Geistesregionen, deren Klang und Sang und Namen dem Unendlichen entspricht, das sie voll Eifer offenbaren.

Der Sinn der Weisheit ist bis in die zierlichsten Gebilde Meiner Tatkraft vorgegeben. Der Ablauf der Geschichte aller Welten ist von Mir geplant, bis auf das Mass an Freiheit, das in deinen Händen liegt, zum Wohl und Wehe der Planetenzeiten.

Spürst du Meine Werte, wirst du die Deinen nicht in Widerspruch zu ihnen bringen, denn das Unheil folgte dir mit Riesenschritten auf dem Fuss. Dir ziemt es, nach dem Vorbild der gottseligen Vernunft zu handeln und das Vorgegebene voll Herzensgüte ins Vortreffliche zu verwandeln, das Ich Bin allherrlichen Geblüts und gottseligen Erhaltens.

Gut ist gut, wenn es zur rechten Stunde angewandt und ausgesprochen wird; besser ist es, Meinem leisen Wink zu folgen, der dich unvermittelt ins Elysium führt von Meiner Ehre und Gewandtheit,

Seinsgeselligkeit und Vielgestalt in gottgesegneter Manier.

## 2.13

Du bist Ich und Ich Bin du, offenbares Rätsel in der Seinsphilosophie, die wir miteinander treiben. Gratitudine des Herzens für die Fähigkeit, das Weltensein tiefinnig zu empfinden und daraus den Willen für sein Heil und seine Wohlfahrt abzuleiten. Es schenkt sich dir in Mir die Himmelsdisziplin, die alles gut macht, was die Vielen ihr verdorben; das Redliche blüht auf im Brachland der Gemüter, die sich hilfesuchend zu Mir wenden. Es geht nicht an, zu lamentieren, wo doch ein so potenter und glaubwürdiger Patron wie Ich für alles einsteht, was da ist und was Ich Mir zum Vorteil Meiner fabelhaften Schöpfungen ersonnen. Wer sie zerzaust bist du - und Ich, in Meiner Vatergüte, Bin gehalten, glättend und befriedend einzugreifen, wo das Arge wütet und die Völkerscharen sich nicht mehr begreifen. Ich greife Mir die Würdigsten heraus und schenke Ihnen Kraft von Meinen Kräften, dass sie fähig sind, Erhabenheit zu üben und nach Meinem Wort voll Wonne durch die Feuer der Gedankenlosigkeit und Eitelkeit zu schreiten.

Ich Bin der, den niemand für so nahe hält, dass man ihn mit Händen greifen und mit Füssen treten kann. Und dennoch ist die Dingwelt inklusive dein Planet von Meiner Geistigkeit in Christo aufs Entschiedenste belebt, so dass die grenzenlose Liebe offenbar wird, die Ich für dich und die Myriaden selbstverlorener Geschöpfe hege.

Ja, Ich habe Mich in sie gegossen, um Mein Sein allüberall zu pflegen und das Ihre noch dazu. Hast du im Herzensgrund begriffen, um was es hier schlussendlich geht, wirst du dich nicht genieren mit

Mir gleichzuziehn, um dem Lebendigen die erste wie die letzte Ehre zu erweisen. Schlussends wird alles in Mir zur ersehnten Seligkeit erhoben, denn Mein Wort und Wille sind unendlich gross und das Bewusstsein von Mir selbst wird in den Menschenwesen bis ins Unermessne wachsen, in der Grazie des Allerhöchsten, das Ich Bin, wie in der Wonne des Gestilltseins und der Andacht vor dem Welten-Ich in liebevollen Aktionen.

## 2.14

Deine Zeit ist abgelaufen allsobald, wie du deine geisteswissenschaftlichen Belange als gelöst und in die Welt getragen siehst. Ein neues Dasein tut sich vor dir auf, indem du deines Wesens Unverletzlichkeit, Unsterblichkeit und fabelhafte Wertbeständigkeit erkennst und mit dem Freudenruf „Ich Bin" besiegelst. Dies Ereignis wird dir von der Grazie des Himmels in die Hand gegeben, damit du deiner wahren Würde inne wirst im Aneinanderreihen von gottseligen Gedanken. Ich öffne dir die Sicht auf deines Seins natürliches Begaben mit Genie, unendlicher Bewusstheit und Ergiebigkeit von Meinen Gnaden, die dich fähig machen, überall und immerfort dein Wesensein aufs Beste zu bestehn.

Rein äusserlich gesehn fügst du dich schlicht und kaum bemerkt als Menschenbruder in die Weltgeschichte ein, doch in deiner Geistesgegenwart in Mir triumphierst du über alle lebenspflichtigen Strapazen und bewegst dich frei und friedevoll auf dem Parkett der götterlicht Gewordenen beseligt vor dir her. In wohlgesetzte Ordnungen von Gottesgüte und Erhabenheit siehst du dich eingesponnen und geniessest jeden Tag von dienes Seins Unendlichkeit, sensibler Wonne und Glückseligkeit in Mir.

## 2.15

Hier fällt was Mir gefällt in sanftem Flug auf Mich hernieder und bedeutet Mir die überirdische Bewusstheit und Holdseligkeit, in der Ich Bin und lebe. Was ist Wachheit der Gefühle, wenn nicht die Empfindung reinen Seins, die Mir die Lebensdinge offenbart, so wie sie sind und wie Ich sie mit Meiner Universenkraft durchströme.

Lass Mich dir erklären wie es dazu kommt, dass sich in Meinem kosmischen Befinden alle Angelegenheiten auf dem höchsten Niveau der Verständigkeit und Liebe, Achtung und Glückseligkeit vollziehn. Das ist, weil sich im Hier das Ur-Sein in vollendeter Behutsamkeit und Generosität, Selbstlosigkeit und Harmonie vollzieht, die allesamt dem Sinn der höchsten Gottheit angehören. Da sind die lichten Lüfte, Düfte und Verbindlichkeiten ewig rein und koscher, wie es sich für das Unendliche gehört, das Ich Mir Bin und dessen Weistum und Gerechtsein Legion ist vor den strahlend offnen Geistesaugen.

Es gehört sich, dass du hier direkt von Mir vernimmst, was auch dir angehört, wenn du nur tief genug dein Herz erforschest nach dem Urgrund deiner Lebens-Liebeszeiten. Du kannst in diesem Augenblick des reinen Seins Erhabenheit geniessen, wenn du dich Mir gedankenlos und mit unendlichem Vertrauen voll Seele hingibst mit der Sicht auf das Allwirkliche, das Ich dir Bin im Seinsbewahren.

Du wendest dich dem Höchsten zu, indem du Meinen Saum berührst und dabei spürst wie sehr Ich deines Wesens Wert mit meiner Wohlgefälligkeit und Energie begabe. Das erhebt dich und gewährt dir Freisein von jedwelchen Nöten und damit die unwahrscheinlichste Glückseligkeit in Meinem segnenden Allüberall, in dem du dich spontan und seinsbewusst befindest.

## 2.16

Was Mir gelang, das muss auch dir gelingen, edle Seele, auf der von Mir gesegneten Äonenbahn. Du trägst das Bild der Hoffnung auf ein gotterfülltes Leben still voran und wirbst damit für Einsicht in die Regionen wahrer Seinsbeständigkeit und Harmonie. Was klingt dir wie verehrungswürdige Musik in beide Ohren? Mein Schöpferwort, sowie es dir plausibel wird und dich ergreift wie eine Woge wallender Glückseligkeit aus götterlichten Zonen. Alles was von Mir kommt ist bestrebt, dich reinzuwaschen von den Unbotmässigkeiten eines Lebens, das sich in Unbewusstheit, Furcht vor allem Künftigen und deplorabler Unbekümmertheit vollzieht. Das ist nicht, was Ich mit dir will. Es widerstrebt den Satzungen der göttlichen Vernunft, die heissen: Sieh dich von Mir umfangen und geführt, vertraue auf das Unerhörte, das Ich deinem Herz besage und erfühle, was Ich Bin und was du Bist in wunderbar ereignisvollen Geistesregionen. Die Bewegtheit Meiner Züge macht dich sicher, gläubig und gedankenfroh und entwindet dich den Träumereien, die von bewusster Lebensführung Reinheit des Gewissens und gottseliger Liebeswonne nichts verstehn.

Du bist mit Mir verwandt auf seinsdirekter Stufe und sollst dich länger nicht vor Mir im Staube winden. Meine Innigkeit in deinem Busen macht dich grandios und Mein Dich-mit-Göttlichkeit-Bekränzen trägt dich himmelan, wo die Erleuchteten und rein gewordenen Gemüter der Verklärten dich erwarten. Es ist Meine Huld die dich mit

51

Geisteslicht beseelt und Meine Stärke, die dich
fähig macht, dich über alle Unbill der Gezeiten
mächtig zu erheben und dich in Meinem wohlgeordneten Umfangen völlig heil und sternenklar,
universenweit und würdig und dir selbst bewusst zu
sehn.

## 2.17

Des Auferstehns Gedanke soll dir Flügel leihen her
zu Mir ins unermessliche Gedeihen. Mitanzusehen,
wie du Kraft gewinnst und Geistesstärke, Tapferkeit
und Fantasie, ist ein wahrhaftiges Vergnügen. Du
sollst wissen, was es Mir bedeutet, eines Menschen
volle Fahrt auf Mich gerichtet und für Mich bestimmt
zu wissen. Es adelt dich und Mich, wenn auch nur
eine Menschenseele seinsvernünftig wird und sich
erinnert an die Einheit aller Wesen im unendlich
wohlgefälligen Allhier. Betrachte du dich als
Gesegneter der Weiten, denen Ich Gestalt, Vernunft
und Geistpräsenz verleihe und ermanne dich, dem
nachzueifern, was Ich Bin seit Urgedenken in der
Myriadenzahl. Es ist dein Auftrag, Meine gottes-
würdige Doktrin mit Vehemenz und Windeseile
überallhin zu verbreiten, währenddem du sie aufs
Peinlichste befolgst in deiner wohlgelungnen
Lebensstrategie. Mein Manna soll dich dabei
stärken und ein jedes Meiner Worte möge dir zur
freien und wahrhaftigen Verfügung stehn.

Wenn einstens alle Meines Seines überragende
Bedeutsamkeit begriffen haben, schlägt die Stunde
der Erfüllung aller Meiner idealen Wünsche und
Manierlichkeiten, Meines strahlenden Gewissens
Diktion und Prophetie.

Schliesslich kommt für dich nur die Errungenschaft
der höchsten Ämter und Befugnisse in Frage, die
begünstigen die Seinskultur, an der Mir wie an

keiner anderen gelegen ist im Lauf und Zirkel der Äonen.

Wandelst du auf Meinen Wegen, wird dir das Ausmass Meiner Züge erst so recht bewusst und du erschauerst vor der Möglichkeit für eine Menschenwelt, Mich und Meinen Reichtum schmählich zu verfehlen. Nun aber Bist du und erfreust dich Meiner seinsbegnadeten und gotteslichten Güter, deren Charme dich für sich einnimmt in ereignisvollem Stil. Du gewahrst dich selbst inmitten Meines Wohlbefindens und geniessest, was Ich Ordnung nenne, Seinsgerechtigkeit, Gottseligkeit und Heiterkeit Elysiens in Mir.

2.18
Entzünde dich an Meiner Flamme, möcht Ich dir ins selige Erwarten sagen, denn sie ist warmes, lauteres Leben überall wo Wesen sind vom Hier bis ins Unendliche der Geistessphären. Was Ich dir sende, ist an Meines Herzens Herd geboren, was dich erhellen und begeistern soll, entspringt der Grazie des Himmels wie der Übereinkunft mit dem Ewigen in dem Ich Bin und wese. Du magst dich noch so sehr in deiner Reputation und deinem Eigenlichte sonnen, was Ich an die Welt verstrahle, ist unendlich mehr. Mein Wandel und Gelöbnis, Handel und Regie reicht bis ins All der Sternengalerie und ist aufs Wunderbarste dazu angetan, dein Auge zu entzücken und dein Denken ins Unendliche zu lenken, dessen Hüter und Gestalter Ich in Meinem Gottesamte Bin von unerreichter Qualität und Liebenswürdigkeit, Bewusstheit, Generosität, Wahrhaftigkeit und Wärme des Gebarens. Kommst du bei Mir an, sind alle deine Händel wie ins Nichts verflogen und dein einziges Befinden sind die Freude und der

Herzensfrieden, die dich ob der Süsse Meines Gegenwärtigseins in Fülle überkommen. Reingewaschen bist du von der Christussonne, deren Strahlen dich umhüllt und dir die Richtung weist in Meine Gründe, Meinen Reichtum und Mein innerstes Gemach. Dort darfst du selig ruhn in dem was Ich dir Bin, wie dem was du dir Bist im Seinsgewissen, das allüberall die erste wie die letzte Station bedeutet für die Wesen, die in seiner Hemisphäre hin und wieder gehn. Diesen Nimbus der Geschichte gibt es für dich zu erringen und herzinnig zu begreifen. Dann bist du ein Gesegneter und Seinsverklärter, dem nichts weiter gilt, als Heiterkeit und Unbeschwertheit, Klarheit des Gewissens und schlussendlich Wonne des Elysiums in wundervollen Gotteszeiten.


2.19
Wer sammelt, soll sich zugleich auch in Mir versammeln, der Ich alles Bin, was ist, und dem kein Haar entgeht, das du erbeuten magst in deinem penetranten Wüten. Jedoch, was du verbrochen hast, mach Ich behende wieder gut, indem Ich der skurrilen Weltgeschichte Meinen Sinn und Meine Grazie entbiete. So verwegen und verloren sie auch scheint, Ich führe ihren Kern und auch die Schale unweigerlich zu Meinem hocherhabnen Ziel. Nicht umsonst heisst es von Mir, Ich würde Mich im unzugänglichen Licht befinden, derweil Ich ohne jeden Zweifel im Allüberall vertreten Bin und Mich den Schauenden und Seinsverklärten innig offenbare. Das verändert ihre Ansicht von dem, was die Vielen von dem Weltenwesen meinen, radikal, denn wo das Göttliche begreifbar und erfahrbar wird, entsteht unendliches Vertrauen in die Schöpferliebe, die es zu den Wesen ihres Weltenschaffens

hegt. Das ist dann der Anfang von dem unerhört subtilen Sich-Vermählen, das in jahrelanger Generation vonstatten geht, zwischen Mir und dir, der du zutiefst gesegnet bist, wenn du Mich ernstlich suchst. Ich aber lass Mich nur von denen finden, die mit reinem Herzen in der Stille ihres lauschenden Bewusstseins stehn. Dort ist es Mir gewährt, hineinzuströmen und den Raum des Horchens zu erfüllen mit unendlichem Gefühl. Wie gut und sicher sieht sich dann die Menschenseele, wenn sie sich vom Geist der Wahrheit und Gerechtigkeit ergriffen fühlt und somit mitten in der Unrast der in sich Verliebten eine Insel der Holdseligkeit am Sein begründet, deren Charme und Wohllaut frei heraus gesagt Elysium heisst in wunderbar beseligenden Tönen.


2.20
Es geht hier um die innige Empfindung, wie die Weltendinge wirklich sind und was sie Köstlichs an sich haben. Da kann kein Rätseln oder Spekulieren helfen, denn die lautre Wahrheit gibt es nur ein einzig Mal. Was für dich unerforschlich ist, steht Mir lebendig und leibhaftig bis zur innersten Essenz vor Augen und offenbart Mir jede noch so rätselhafte Funktion, weil Ich sie selbst erfunden und aufs Wunderbarste eingerichtet habe. Aus dem tiefsten Geisteshintergrunde rufe Ich dir zu: Du bist von Meinem Geist gebildet und durchflossen; Mein unendliches Genie besorgt und weitet aus, was du zu sein scheinst im alltäglichen Gebaren. Bis auf einen winzig kleinen Rest von Freiheit bist du zweifellos an Mich gebunden, so dass du dir in allem Ernste definieren kannst: Ich Bin Es und Es ist Mich in einer aberlangen Kette von Begünstigungen und Verfügungen, bewundernswerten Welt-

gedanken und Traktaten. All so kannst du mit deinem protzigen Proletentum und Renommieren Meine Sache höchstens noch verderben, so dass es weitaus besser ist, dich Mir mit seinsvollendetem Vertrauen bis ins letzte Detail anzuschliessen. Erst vollends von Mir geleitet, bist du wahrhaft schön und darfst dich rühmen, eines Gottes Konterfei und Seinstruktur, Gehaben und Sanskrit zu sein in alles überragenden Dimensionen.

Wozu denn heisst es, dass die Menschenwesen Gotteskinder seien? Müssen denn die Kinder nicht dazu erwachen, dass sie Söhne sind und Töchter des Unendlichen, von dem sie ihren Ursprung haben? Damit Bist du Sein vom Sein in allerhöchsten Qualitäten, Seligsein vom Seligsein bis in die zierlichsten Nuancen deiner selbst, der Ich dir alles Bin, was ist und dessen Ruf, des Pirols, dein Bewusstsein weitet und voll Grazie ins Unermessliche erhebt.

# 3

# Dein Eigentum für Ewigkeiten

## 3.1

Was du erkannt hast ist dein Eigentum für Ewigkeiten. Deine Liebe gilt der wachen Souveränität
über alle deine Angelegenheiten, mitten in den
Irrungen der Zeit, die deines Geistes Adel nicht
berühren. Freilich schwimmst du obenauf im Strom,
der vieles mit sich reisst und behauptest dich in
deinen Unternehmungen als einer der da weiss und
wirkt und niemals untergeht, selbst in den
tückischsten Affären. Was du dir Bist, Bin Ich Mir
jedoch längst gewesen und du tust gut daran, dein
noch so viel erprobtes Sein nach Meinem
auszurichten in der Prozedur des Lebens und vor
allem des unweigerlich von Mir beschlossenen
Vergehns. Du bist in einen Kontex eingebunden,
den du nicht verstehst und der sich doch um deinen
wahren Fortschritt kümmert in der Lebenstage
Brausen, denn Ich kann Mich rühmen, die Palette
deiner unbekümmerten Verfahren stets im Götter-
auge zu behalten, um ihnen den goldrichtigen,
bewundernswerten Drall zu Mir zu geben.

Was nach dir kommt wird alsobald im kunter-
bunten Allerlei versinken, derweil das Meine in ihm
aufrecht und gelassen, firm und fertig steht, um aller
Augen Blickfang und Idol zu sein im innig dar-
gebrachtem Wohlbehagen. Willst du einmal das
was Ich Mir Bin vor aller Welt vertreten, lade Ich dich
gütlich ein, in Meinem Hort und Hofe Einsitz und
Betriebsamkeit zu übernehmen. Ich neige Mich mit
mütterlicher Inbrunst deiner zu und vermehre
deines Schaffens Obulus mit mancher gold-
betressten glänzenden Trophäe. So fügen deine
Menschenwerte sich mit Meinem götterlich gebo-
renen zusammen und verklären das Gesicht der
rollenden Geschichte dieser Welt zu wunder-barem

Wohlgenügen. Deiner Nächte Seufzen wird zum Lobgesang im Wirkfeld Meiner Sonnen-strahlen, deiner Taten unrentables Jucken zum markanten Hochsprung ins Erhabene von Meinem Rang und hochberühmten Namen. Was du Bist ist Meiner Würde angemessen, die dein Sein durchströmt und dich in holdseligem Vergessen mit des Alls Vollkommenheit aufs Trefflichste versöhnt.

## 3.2

Wer ist so überlegt wie Ich es Bin in Meinem Mich-Beschauen? Ich trete aus Mir selbst, als aus dem Sein, mit wacher Majestät, Bewusstheit und Allherrlichkeit hervor und lasse, wo Ich immer Bin, die sagenhaften Kräfte Meiner Geistigkeit, Gedankenfülle, Redlichkeit und Schöpferwonne spielen. Wie goldne Küsse strömen Meine Worte gnadenvoll dahin und lassen alles Wesentliche klug und heiter, sinngerecht und genial wie aus sich selbst erstehn. Das macht den wissenschaftlich forschenden und figalanten Geistern mehr und mehr zu schaffen, dass sie nicht in das Dahinter sehn, das Ich Mir Bin und das nur in der Intuition erkannt und aufgelistet werden kann. Demnach Bin nur Ich in der beneidenswerten Lage, als Held der wahren Wirklichkeit und Würde des Gerechtseins an sich selbst hervorzutreten, um der Welt dies brennende Geheimnis gütlich zu erklären. Von selbst versteht es sich, dass Mein Befund das hehrste Wissenschaftliche bei weitem überragt und es in seine Schranken weist im brüderlichen Allumfangen.

Wer seiner selbst so sicher ist, wie Ich es Mir seit Urzeit bin, kann jede Spekulation des Menschengeists mit einem lieben Lächeln kompetent quittieren. Was dabei herauskommt, kann nicht Meine Sache sein; es ist die Deine, der da, in der stillsten

Herzensstille, das Unendliche erlauschend, Meiner Sage Sinn beglückt vernehmen kann. Das macht, dass sich das göttliche Gedankengut voll Sanftmut und Gewissenhaftigkeit ins menschliche Gewissen giessen kann als Labsal, Geistesstärke und Verklärung. Gibst du dich Mir gänzlich hin, kann Ich dein Sein zu dem, was Ich Mir Bin, geflissentlich bekehren. Vollendung ist erreicht, Holdseligkeit in himmlischen Gefilden und Präsenz in den beseelten Weiten Meiner wahren, lichterglänzenden und seelenvollen Näh.

## 3.3

Wirf dich vor Mir auf und falle nieder, irre hin und her und lerne dabei zu bedenken, dass Ich dich Bin in der Glorie des gottesgeistigen Verfügens und der Grazie des Himmels, die dich für dein Nichts aufs Köstlichste belohnen. Mein Mandat an dich heisst: Sei der Herrscher über dich und deine Fähigkeiten, die von Mir ein Zeichen sind und ein bedeutungsvoller Abglanz Meiner Majestät. Du Bist, weil Ich es Bin und schaukelst dich in generationenlangen Tänzen unerschütterlich zu Mir und Meinem Gabentisch empor, als zu dem grossen Einen in der Weltgeschichte Sinn und Brausen.

Benimmst du dich wie einer, dem der volle Strahl in seine Mühlen läuft, kann Ich dir Meine Pläne offenbaren und dir beistehn, wie der Vater seinem Kinde, wie der Meister seinem munteren Gesellen auf des Lernens wonnevoller Rosenspur. Bist du unter Meinen Fittich, Meine silberglänzende Regie und Mein Wohlgebet gestellt, wird dir ohne jeden Zweifel das gegeben, was dir ewig frommt und was dich der Beschauung deines Glücks entgegenführt in Meinen geisterfüllten Zonen. Was dir dabei blüht, klingt wie im Märchen, denn es perlen alle Sorgen an dir zur Bedeutungslosigkeit hernieder und dein Seelensein wird reich befrachtet mit der Liturgie des seligen Mit-Mir-vereint-Seins in den höchsten Sphären. Du weisst und trägst dich wissend durch die Lebenszeit voran zu einer Glorie des Seins von unerreicht glückseligen Massen. Das führt dich in die Mitte deines Königtums in Meinem und lässt dich das Bewusstsein der Gottseligkeit erfahren. Mir machst du zwar nichts vor, jedoch dir alles und gewinnst so Achtung vor dir selber in der grandiosen Schau auf was du Bist und was Ich Bin in dir und aller Welt im unerhörten Seinsgewinnen.

Es lockern sich die Triebe deines Wesens und Sprossen ungesäumt und freudenvoll in Mein Unendliches empor, derweil Ich sie begiesse mit des Himmels gnadenvollem Wohl. Was hat es nun auf sich, dass so viel Leid entsteht im Erdenwallen? Das ist der berühmte Schatten, der von jeden Lichtes Strahl entsteht im Weltgepränge und der nur überwunden werden kann im Auferstehn zum lichten, schattenlosen Sein, dem aller Würde Seim gehört und aller Zuversichtlichkeit Erlangen. Deine Gegenwart im All ist von der Meinen nicht zu unterscheiden, im Erkennen deines wahren Wesens und der Seinswahrhaftigkeit, in der sich alle Weltendinge zweifellos bewegen. Das Numinose wird dir gütestrahlend offenbar und das Offenbare wird zu einem Fest der ewigen Glückseligkeit im Reich der Götter und bewusst gewordenen Propheten.


3.3
Heiterkeit des Seins nach fairen Karten, wie nach dem Konzilium der guten Geister, die die Welt im Schwung der Liebenswürdigkeit erhalten. Du bist das Medium, durch das sich Meine Geistesströme in die Menschenwelt ergiessen, das Pfand der

Hoffnung, dessen ruhige Gewissheit Sicherheit des Ewigen verbreitet. In Meinem Sinn zu wirken ist das non plus ultra aller guten Taten und eine Herzensspende himmlischer Natur an alle, die sie sehnlich suchen. Nun gilt es für dich, manches aufzuholen, was versäumt und nicht beachtet worden ist im all so menschlichen Getriebe. Es müssen viele Punkte zugleich angefasst und ausgebügelt, sinngemäss ergänzt und angetrieben werden. Kein anderer als Ich kann besser wissen was dir Not tut und was du in allem Ernst betreiben sollst, um gotteswürdigen Erfolg zu haben.

Wie das Füchslein in der Dämmerstunde hungrig einen Hof umstreift, sollst du nach Gottesbeute Ausschau halten, die allüberall vor dem profanen Blick verborgen liegt. Du musst dich wirklich engagieren, um den Dingen der Unendlichkeit geziemend auf die Spur zu kommen. Nur die unermüdliche und sanfte Seele kommt ans Geistesziel und darf sich als gerettet fühlen aus den Fängen der Alltäglichkeit, des Haders und des weltlichen Maleurs. Was du in dir gewahren musst ist Meine Note der Barmherzigkeit an deinem schicksalhaften Streben, die Ich dir noch so gern in aller Form und Grazie des Himmels überreiche, damit du weiser wirst davon. Unerschöpflich ist Mein Atem, wenn es darum geht, dich auf den Pfad der Seinsgerechtigkeit zu dirigieren. Nicht vergebens heisst es: Gott hat einen ellenlangen Namen, der sich auf das Unermessliche in jeder Hinsicht und Gefälligkeit bezieht. So auch auf geduldiges Erwarten deiner liebevollen Züge in Meinem Reich der Seinserkenntnis und des Adels der Gerechten, die da sind und helle Freude und Verbindlichkeit an Meinem Weltenwerk versprühn. Auf sie allein kann Ich mit Wohlgefallen zählen und nun frag Ich dich: was zählt bei dir, damit Ich auf dich aufmerksam und bei dir fündig werde, wenn Ich völlig unvermutet und geheimnisvoll an dir vorübergeh? Die Antwort liegt in deinen Händen und der Lohn für eine gute kommt von Mir und Meiner hilfespendenden Allüre überall im Weltbetrieb. Mach dich auf nach Mir und lass dir die gezielte Suche etwas kosten, damit Ich dich aus Meiner Fülle mit dem Wohllaut der Gottseligkeit, der Wonne der Gerechten und der Grazie Elysiens beschenken kann.

## 3.4

Komm, ja komm Geliebter in Mein Reich der hunderttausend Gaben göttlicher Natur. Es mehren sich die Zeichen, dass es den Verständigsten der Menschen auf dem Schicksalsweg gelingt, ihres wahren Seins Redute zu erkennen und damit in die Gilde der Erleuchteten emporzusteigen. Ihnen ist die Geistwelt Meiner Provenienz allwie ein offnes Buch dem Schauen preisgegeben, womit sie ihres Wesens strahlende Substanz ohne jeden Zweifel als ein Übersinnliches gewahren. Dein Sein ist allen Seins Bewandtnis und Gehaben, Tiefenkraft und Höhenruder - will Ich dir damit besagen. Dein In-der-Welt-Erscheinen ist ein langgedehntes Kommen und Vergehn ohne dass dein Wesens Silberhauch und sinnende Standarte davon nur im Mindesten berührt und abgeschrieben wäre.

Wie eh und je weht durch dein Geistgebiet der Sommersonnenwind aus Meinen Schalen und versieht dich mit urmütterlicher Energie, an der du dein Genügen, deine Labsal und bedeutungsvolle Wonne findest im von Mir gesegneten Allhier. Was wahrlich in dir wirkt ist Geist von Meinem Geiste, Sein vom Sein und seelenvolle Lebenspoesie. Das zu erfahren wird dann als Vollendung deines Aufstiegs in die Göttersphären wesenhaft vor dir erscheinen. Du gewinnst den Status lichtdurch-tränkter Unversehrtheit und ergibst dich in das makellose Einen mit dem Allerhöchsten, das da ist und das von keinem noch so divergierenden Gedanken aufgelöst und übergangen werden kann. Mir ist bekannt, aus welchem Sich-Begründen Meine Geistesabenteuerlust emporsteigt und sich auslebt in allschöpferischen Qualitäten und Bedachtsamkeiten, deren formidable Gegenwart Genie erzeugt im massgeschneiderten Kreieren. Alles was von Mir kommt offenbart den Zauber wunderbar beglückender Proportionen und Manierlichkeiten. An Meines Himmels Hof regiert die Eintracht unter denen die nach Meiner Diktion geflissentlich agieren. Wo Herzensfriede sich verbreitet, fliessen die gesellig aufgeworfnen Tage liebelicht dahin und vermehren das bewundernswerte Einvernehmen unter allen, die da ihre reichgeschmückten Fantasien pflegen. Alles ist so wie es sein soll nach dem Willen jener, die für Harmonie und seelenvollen Austausch, Qualität und Charme zu sorgen haben. Wer sich hier bewegt, schafft Ausgewogenheit und Wohllaut des Gerechtseins an der übermenschlichen Natur und hört mit innigem Entzücken überall die Gottesharfen sich verspielen.


3.5
Morgenluft und Duft in Meinem Atelier der Wonne am Gestalten. Subtile Seinsveränderungen, die sich jede Nacht im tiefen Schlaf vollziehn. Darin bist du ans Netz der Geisteswelt geschlossen, die dich unbemerkt und unerbittlich durch die Lebenszeiten führt. Was dir da hell bewusst ist, kann nur wie die Spitze eines Eisbergs in den Tagraum ragen. Das dir Unbekannte jedoch ist Mein In-dir-Sein, das zu

entdecken deine Pflicht und Wonne ist im Andersartigen. Überleg dir doch, wie wenig du im Grund genommen von dir selber weisst und wie viel Ich dir damit bedeute, als der Hüter der Unendlichkeit in hellen, makellosen Zügen. Bist du nun auf dem Weg ins göttliche Genügen, so kann Ich dir bei jedem Schritt aufs Freundlichste behilflich sein mit Meinen wunderbar beseligenden Geistesgaben. Dein Dasein ist in Wirklichkeit ein Geistesabenteuer, das Ich aus der Fülle Meiner Herzensfantasie voll Liebe und Vertraulichkeit mit den Geschöpfen inszeniere. Das sollst du einmal mit geschärftem Blicke sehn und dich darob an deinem Sein aufs Köstlichste erlaben. Nichts Minderes als Meiner Gottheit Stellenwert und Überragen soll in dir als eine Symphonie der Wohlgefälligkeit zum Vorschein kommen und dir ein fantastischer Entgelt sein für die vielen auf dem Aufstieg ausgestandenen Strapazen. Bist du einmal bis zur Spitze deines Seins gelangt, ist es wie ein wonneströmendes Vermählen mit dem, was du wirklich Bist und was Ich dir im allerinnersten bedeute. Das Fabelhafte und Unendliche wird dir zum gütestrahlenden Begriff, an den du dich wie an kein anderes von vielen Lebenselementen halten kannst mit sicherem Gewahren. Lass es dir gut sein, Meiner Gegenwart Gewinn voll Lust und Andacht, Heiterkeit und köstlichem Relieve in deiner Seele aufzunehmen. Es ist der Sterne raumgewinnendes Verhalten, das Ich en miniature in dein empfänglich Wesen pflanze, um es voll Zartheit und Entschiedenheit zu Mir und Meinem Sein emporzuheben. Hilfst du Mir dabei, wird alles gut in deinem mannigfachen Streben, dem du in Freiheit vorstehst und dazu in Meiner Huld, die alles überragt, was du dir je zugute hieltest in der Kleinwelt deines Erdenlebens. Schliesslich wirst du nur in Meinem Glanze

wahrhaft gross und darfst dich zu den Helden der
Erkenntnis zählen, die da sind und damit in der
Weltengottheit eine unfehlbare und bezaubernde
Zentrale und verheissungsvolle Rolle spielen.

## 3.6

Ernte nun die Früchte deines Strebens, sag Ich dir
und lass dich von Mir in die Weiten namenloser
Unbesorgtheit führen. Dein Bewusstsein nähert sich
den Quellen allen Lebens und atmet tief beglückt ihr
segenspendendes Arom, das lässt dich allgemach
in himmlische Holdseligkeit versinken. Was du in
diesem Augenblick erlebst, ist Meines Geistes
Duktus und Vermögen, Meines Wertes Hauch an
deinem Hofe und die Quintessenz von dem, was Ich
Mir in Äonenzeit errungen habe. Lass es dir gut sein
an der Stelle des unendlichen Gesundens, die dir
offenbart, von welch erhabnen Kräften du durchflossen und beseelt wirst tag und nächtig, sinnvoll
und naturgemäss. Es sind des Geistes Kapriolen
und Befugnisse, die sich dir im Vorwärts-schreiten
auf dem Geistespfad geflissentlich erschliessen und
deinem Sinn dabei die Richtung weisen auf Mein
wunderbar erstrebenswertes Ziel. Du Bist, was viele
andre noch nicht sind und darfst voll Freude und
Ergebenheit in Meinem Götterreiche wohnen. Was
du erfährst, sind deines wahren Seins bedeutungsvolle Fähigkeiten, die dir deine höhere Natur aus
tiefster Überzeugung gütlich offenbaren.

Du Bist in Mir zum Träger einer Weltlichkeit von
geistigem Gehalt geworden, die sich als Fluidum
von Güte und Gerechtigkeit, Holdseligkeit und
Liebeswonne präsentiert, an der die Seinsverständigen in ihrer Herzensruhe wundervollen Anteil
haben. Erfahre und erreiche was du Bist und lass

dich von der Seinsglückseligkeit aus Meinem Füllhorn inniglich beleben.

## 3.7

Wie die lichte Sonne hebt sich über deinen Geisteshorizont der Sinn für Meine gottgefälligen Dimensionen. Du sehnst dich dem unendlich Lichten freudevoll entgegen und erfährst dich selbst als lichtgebornes Geisteswesen ewiger Natur. Deine Züge sind auf höchste Konzentration getrimmt in dem Verfahren, das Ich mit dir generiere. Dich dominiert das schweigende Erwarten Meiner Botschaft, die vom Jenseits aller Dinge geheimnisvoll in deine Seele strömt, um sie mit Sicherheit des Seins, Erhabenheit und strahlender Bewusstheit zu beglücken. Allmählich wird dir Meines Hierseins sinnerfüllte Prophetie zur überragenden Gewissheit, die dir das Numinose, das Ich Bin, zur allerersten Stelle rückt in deinem Dich-als-Menschengöttlichkeit-Erleben.

Deinem wachgewordnen Sinn gemäss bedeutet dir Mein Seelenwort unendlich viel und ist für dich ein wunderbar gesättigtes Erlaben. Du gewinnst reell und zweifellos, was andre, ohne Rückhalt, nur als Traumgebild erleben. Dich aber trifft das Wirkliche von Meinen Gnaden wie der Blitz aus heiterem Azur und bestätigt dir die Sage von dem Gott der Weisheit, Liebe und Gerechtigkeit, der hinter allem steht in liebevoller Achtung und Befriedung dessen, was er sich erschuf. Was du vordem nie gekannt, blüht dir nun auf in lodernden Gestalten und bezaubert und beglückt dich mehr und mehr. Es ist der gottgesegnete Talar der Makellosigkeit, den Ich beschützend und begeisternd um dich lege. Seligkeit erfüllt dich von der Art, die Himmlische und Heilgeword'ne an sich tragen. Ein Tauschen ist es von bedingungslos verschwendeten Gefühlen, eins dem andern voll Bewegtheit und Erbarmen zugetan.

Es ist ein Sich-im-Innersten-Begreifen, das das Selige Sich- Umfangen generiert und zur Gewissheit stilisiert, dass die Dinge der Allherrlichkeit das Grösste sind, was dich befallen kann und was dir demgemäss wie nichts gefällt in deinem seelenvollen In-die-Mitte-Streben. Und die Bin Ich in allen Phasen der Geschicklichkeit, die Ich im Werden der Geschichte offenbare. Das Sein ist Meine immanente Stärke wie das namenlose Wohlgefühl, das es an Mich vermittelt, was bedeutet: aus der Fülle alles Guten, das es sich zum Trost und zur Verherrlichung beschert. Ich Bin das Ideal der Gottgewandtheit in den Sphären Meiner Fluktuation, sowie im Reich des unermesslich ausgebreiteten In-Mir-Beruhns, das Ich mit höchster Kompetenz und Kundigkeit, Bewusstheit, Liebeszartheit und Holdseligkeit bewohne.

3.8
Zierlich und manierlich fängt das Ausserordentliche an, das Ich dir freien Sinns und herrlich frohgemut gewähre. Es zieht sich wie ein roter Faden durch dein wunderbar geglättetes Gemüt das strahlende Bewusstsein, dass du Bist und dass du hier im Plenum der versammelten Gemeinde vieler Wesen von Mir angerufen bist mit vollem Namen. Du spürst Mein Wort in deines Herzens Heiligtum und erkennst mit freudigem Erschrecken, dass der Herr dich überkommt und mit dir deines Weges geht durch abertausend anspruchsvolle Situationen. Wozu das Bangen, hörst du in dir sagen, wenn doch der Höchste dich mit Himmelswohlfahrt überschüttet und mit Riesenkraft begabt, mit der du meisterst, was dich angreift und vom Pfade drängen

will. Solang du auf Mich hörst, ist alles gut und seinsgesichert, was auch immer dir begegnen mag, denn es hilft dir, Selbstvertrauen zu entfalten und damit tiefinnige Vertraulichkeit mit Mir, der Ich dich Bin und dessen Geistesflügel dich im Nu ins liebestrahlende Elysium erheben. Was gibt es Besseres, als dich beständig in den Sphären der Allgöttlichkeit präsent zu wissen und damit im Bewusstsein reinen Seins, in welchem alles Wohlfahrt und Vollendung ist, Titanenkraft und schöpferisches Flair, das allen hier Versammelten die Gabe künstlerischer Virtuosität verleiht in wundervollen Zügen. Vom Hier zum Dort im Erdenschaffen gibt es keine Strecke, sondern nur dich selbst zu überwinden in der Absicht, einer Welt von Hader und Verlorenheit die Gottesehre zu erweisen. Indem du in ihr Bist, veredelst du ihr Wesen und verbrüderst dich mit denen, die noch seufzend, unbewusst und kläglich ihres Weges gehn. Du erheiterst ihr Gemüt und säst den Samen reiner Hoffnung in ihr Dasein, auf Erfüllung ihres Sehnens und Erlösung von dem Weh. Was du dir Bist, ist Meines Wirkens Zierde und das Zeichen der Allgüte, die die Welt von Mir beseelt. "Wach auf", darfst du mit Überzeugung jedem sagen, der da will und will Veränderung in seinem festgefahr'nen Leben. Doch diese kommt allein von Mir, dem alle Macht gegeben ist zu wirken und zu ruhn, zu zeugen und sich scheu zurückzuhalten in den Weiten der Allherrlichkeit des Seins, sowie der namenlosen Wonne des Sich-Selbst-Genügens.


3.9
Worauf du dich verlassen kannst, sind Meine Triebe in der Trübsal und Mein Angebinde in der Wallfahrt deines Lebens. Mach sie schleunig dir zu eigen, mit

der wonnevollen Hoffnung auf Erfolg in der singulären Gottesdisziplin. Es hat noch keiner sich bemüssigt fühlen müssen, sich über Mich und den enormen Umschwung, den Ich generiere, zu beklagen. Somit hängt es nur an dir, in Sachen Ewigkeit zu reüssieren, denn Meinerseits ist alles schon erreicht, was es da Fabelhaftes für dich zu erreichen gäbe. Einer stellte fest: Die Schlüssel zum berühmten Königreiche sind in jedermanns sehn-süchtigen Händen; er muss nur das geheimnisvolle Schloss dazu erfinden, um in die paradiesisch dargestellten Weiten Meines Götterreiches einzugehn.

Was nicht ist, wird auch für dich dann werden, wenn du dich ernstlich um das Sein im Sein bemühst und um sein wonnespendendes Gebaren, das Ich Bin und das Ich seit Äonen gütlich für Mich und Meinesgleichen generiere. Meinesgleichen aber darfst du sein, solang sich dein Bewusstsein und allgeistiges Profil in Mir befindet in vollkommner Übereinkunft mit dem Wesen Meiner Gottgefälligkeit und Würde am gesamten Welt-geschehn. Das ist innerlich gedacht im weise wissenden Betrachten dessen, was du Bist und was Ich in dir Bin als gütiger Kreator deiner Herzensfreuden. Mit einem Mal sind dir die Lichter deines Welterfahrens umgestellt, vom Hier zum Dort vom Schein nach der Allwirklichkeit der Geistessphären. Du hast den Abgrund überschritten vom Trügerischen zum unendlich Seinsbeständigem, von dem die Seher sagen, dass es sich wie im Zaubergarten darin leben, wirken und verweilen lässt als in der Grazie der Gottesgnaden.

Willst du die Theorie -vom Wirklichen- gebührend unterscheiden, so musst du tüchtig an die Säcke gehn, um selber zu erfahren, was es heisst, auf schmalem Grat ins Ewige zu schreiten, das sich dir im Panorama der Unendlichkeit eröffnet, Tag für

Tag. Mein Wille ist der Deine, wenn du wirklich willst durch den berühmten Gotteshain spazieren, wo Ich dir begegne und die Hand voll Mitgefühl auf deinen Scheitel lege. Du erwachst und siehst dich Mir vollends und schon für immer zugetan im Vorwärts-schreiten wie im Weilen, in des Lebens Lernprozess wie in der Herrlichkeit der Sphären, wo alles richtig, redlich und beglückend ist im ewig Wunderbaren.


## 3.10

Wachet auf zu Mir, ermannet euch, über allem Tand, das Sein zu lieben, um damit in das wunderbar Erstrebenswerte einzutreten. Mein Appell ergeht an alle Völker des Planeten, die Ich noch wie schlafend Meinem Sinnspruch gegenüber durch ihr Leben hasten seh. Dich persönlich ruf Ich an, den Blick von deiner Hände Werk zu Mir empor zu heben und hinter so viel Movimento, genialem Spriessen und natürlichem Begaben jene Geistes-kraft zu konstatieren, welche alles Endliche und Wesenhafte, Irdische wie Kosmische erdacht und damit aus dem Sein ins Reich der Scheinbarkeit verstossen hat. Nichts Falsches ist daran, doch uneinsichtig und verschroben muss Ich nennen, was die unerweckten Geister so von sich und ihrem Weltverständnis rapportieren. Sie sind erstaunlich vif, erfinderisch und wendig im Sezieren dessen, was sie klugen Blickes vor sich sehn; doch völlig unbegabt, dem geistigen Gehalt der Dinge auf die Spur zu kommen. Wissenschaft ist trefflich im Erkennen dessen, was sie wirklich nennt, was jedoch nur Schein ist in der Sicht der Götteraugen. Mich kann weit und breit und hoch und niedrig nichts betrügen, weil Ich weiss, wie im All-Weltlichen die Dinge liegen. Hier geht das Geistige dem Erdenhaften vor, das bis zur letzten Silbe aus der

Diktion der göttlichen Vernunft entstanden ist, die Ich mit Vehemenz vertrete.

Nun sieh dich vor, dass du in deinem Irrtum nicht ein Leben lang verhaftet bleibst und während vielen noch darüber, denn es wird dir immer schwerer, aus dem Illusorischen der Cyber-Welt zu Meiner seinsrealen noch zurückzufinden. Schärfe deinen Geist, will Ich dir gütlich sagen und nimm die Fülle Meiner Lehre an aus väterlichen Händen. Hier zeigt sich dir, was Wahrheit ist im absoluten Sinne, die für Äonen unverändert existiert und als die sanfteste der Wissenschaften über allem schwebt und webt, was ist, in einer Kraft- und Sinnentfaltung ohnegleichen. Die sind nun allerdings von Mir ein Zeichen der Allherrlichkeit, in der Ich seiend wese. Weide dich an diesem Faszinosum und begib dich unverzüglich in das Heiligtum und Heile deines Herzens, um dort des Beglückens Quell, des wahren Wissens Angebinde, wie das Sein in wesenhafter Gottesruh zu finden.

3.11
Wunschlos glücklich ist nur, wer Mich kennt in aller Geisteswelten Wirklichkeit und sinnenfälligem Gehaben. Worauf Ich dringend zähle ist dein Streben nach bedingungsloser Redlichkeit im Denken wie im Tun. Es soll dich niemand dazu animieren, wider dein Gewissen zu agieren und deine Herzlichkeit zu vergewaltigen auf eigensinniger Spur. Dazu kann Ich dir ein wunderbares Beispiel sein von Offenheit und Güte, Wahrhaftigkeit und Sensibilität fürs überirdische Gewahren. In dir spüren sollst du Meiner Gegenwart Galanterie wie Meines Hierseins seelenvolles Rauschen. Sieh doch, wie nur das Allerhöchste deinen wahren Wert besiegeln kann, indem es dir zur gnadenvollen Hilfe wird, selbst in den

anspruchvollsten Situationen. Das will nicht irgend etwas heissen, sondern deutet auf ein radikales Changement hin, das deinem Leben Göttersinn und Seinserhabenheit verleiht in unbedingten Massen.

Auf Mein Wort darfst du wie durch ein Tor bewusst und energiegeladen das Allewige betreten, in dessen Weiten – Sphärenharmonien, Wonnen des Gerechtseins wie, in allen so Verklärten, namenlose Heiterkeiten sich verströmen ins empfängliche Gemüt. In solcher Weise darfst du dich Erlöster nennen von der illusorischen Scheinheiligkeit der Erdentage und darfst mitten unter ihnen deines Daseins Vollwert, wie Ergebenheit in Meine seligmachende Behutsamkeit geniessen.

Nicht willfährig, sondern liebevoll an Mich geschmiegt sollst du Mein Opus in der Seinsdiaspora nach deiner Eigenart vollenden, indem du dich wie's aufgepfropfte Reis benimmst in deinen hin und her bewegten Erdentagen.

Heilig ist Mir das Bedenken deiner Lage in der Zeit wie in der Unendlichkeit, die für dich einsteht und dich zur Beständigkeit erzieht im Lauschen, Liebetauschen und Bewusst-die-Seligkeit-des-Seins-Erleben in allgöttlichem Befrieden.


3.12
Von Gott geliebt zu sein ist dein entzückend Los, sowie du dich dazu ermannst, dich selbst und alle Welt aufs Innigste zu lieben. Ein jedes Wesen, sei es noch so schwierig und verschroben, ist als das zu achten, was es wirklich ist, nämlich eine Inkarnation des Seins, von Mir gestiftet und geführt aus überweltlichem Gestade. Somit kannst du's nicht vermeiden, dem Gott der Welt im täglichen Betrieb aufs Schärfste oder Freundlichste leibhaftig zu begegnen. Du brauchst Bewusstheit Meiner Art

und Weise, um dies gebührend einzusehn und Mir damit in jedem Fall die höchste Ehre zu erweisen. Alles Mindere ist Ignoranz der lebenslustigen Natürlichkeit, in die Ich Mich aufs Innigste verwebe. Mein ist dein Weg - und deine Wonne Meine in der täglich ausgekosteten Realität, in die Ich Mich in dir gestossen habe. Du weisst es nicht und willst dir selbst ein Ass und Herrscher, Meister des Geschicks und Bannerträger sein, derweil noch jedes muntre Füchslein klüger ist als du. Es lässt sich nämlich ohne jeden Vorbehalt von Meinem Duktus führen, derweil du Meine weise Weisung ständig übersiehst und dir Verfehlungen zu Schulden kommen lässest von gravierendem Interio. Nur wenn du Mich im Schilde führst, gerät dir alles zum unendlichen Genügen.


3.13
Es ist nichts so fein gesponnen, dass es nicht entdeckt wird von des Weltengeistes sonnenlichtem Strahl. Der „Ich Bin" wird dir noch jeden sprossenden Gedanken unverzüglich vom Gemüte lesen und auf seine Weise darauf reagieren. Nicht was du willst, doch was dir gut tut, will Ich dir gewähren, aus des Gottesherzens Inbrunst und Befehl. Du magst dich noch so sehr in dich vergaffen, Meine Übersicht berührt dein Haupt und will, was in ihm steckt, der Güte des Allherrlichen empfehlen.

Aufsichtsrat und Förderer der Weltenwunder Bin Ich Mir an jeder Stelle Meines energiegeladenen Erscheinens, somit zweifelsohne auch in dir. Unschlüssig Bin Ich nie, denn was Ich immer unternehme, ist von langer Hand gediehn und trägt das Siegel der unendlichen Geschicktheit und Gefälligkeit, mit denen Ich beständig operiere. Du kannst da mittun, aber niemals konkurrieren, denn das wahrhaft Geniale kommt von Mir und äussert sich konkret in deinem täglichen Benehmen. So versteht es sich, dass du als Angebinde Meiner Güte nicht der Hauptakteur, sondern nur Statist bist auf der vielbelebten Weltenbühne. Damit fällt sehr vieles, was du meinst zu sein, gar jämmerlich dahin, derweil Ich in dir strahlend punkte und der Prophetie genüge, dass der Weltenherrscher wiederkommt und dich zum Auferstehen führt ins strahlende Bewusstsein seiner Unermesslichkeit im Geiste, seelenvoll, salut und seinsfinal.

## 3.14

Den Silberstrahl der Hoffnung auf Gerechtigkeit und Frieden lass Ich wunderbarerweise über deinen Scheitel fahren. Er lässt dich, was du Bist, erahnen und taucht dein Dasein in das Licht der geistigen Präsenz und Reputation, die alles in den Schatten stellt, was du vordem vom Sein der Welt und seiner Innigkeit zu wissen glaubtest. Mein Können und Gewissen kündigt sich dir an in der brillanten Weise der Allherrlichkeit und des allherrlich strukturierten Über-Mich-Verfügens, dem Ich Meine Seelen-sicherheit und Unerbittlichkeit verdanke.

In deiner Andacht trittst du im Geiste vor Mich hin und präsentierst dich wie du Bist vor Meinem schicksalführenden Gewahren. Da gibst du Mir Gelegenheit, auf dein noch schlafendes Bewusst-sein einzuwirken, um es mählich zur Erkenntnis zu erwecken, dass du Bist und dass sich damit deine Geisteszüge glätten, Meinem makellosen Horizonte zu.

Es ist der Reichtum reiner Ordnung, den du dann im Gottesreich gewahrst, wie auch in dir und deinen schillernd dargestellten Operationen. Nichts fehlt und nichts ist dir zuviel in deinem Dasein unbeschwerter Gottgefälligkeit, von der die Weisen und die Seinsverklärten durch Jahrtausende begeistert Kunde geben. Wende dich dem Gloriosen zu, das Ich dir Bin und sei, wie es die Väter und beglückten Geistgelehrten aller Zeiten in Mir waren. Das Kosmische verhallt in der Unendlichkeit der Weiten, worin sich dein Bewusstsein ausgebreitet sieht in einer Ruhe ohnegleichen. Es ist die Geistesruh in deinen Seelengliedern, die dich in den Zustand der erhabenen Geselligkeit mit Mir versetzt mit allen Konsequenzen und Begünstigungen, Seligkeiten und beglückenden Gewinsten, die dir damit offenstehn. Was dir als Mangel und Gebrechlichkeit erschien, verschwindet vor dem Licht der Seinserkenntnis, mit dem Ich dich aus höchster Quelle liebevoll beehre. Das ist dann das olympische Gedächtnis, das Ich in deinem Dasein aus der Taufe hebe und das dir das vollkommene und alles überragende Bewusstsein von dir selber in die Geisteswiege legt. Du Bist und brauchst es nimmermehr zu werden; deine Attitüde ist mit Mir aufs Innigste verwandt und hebt dich an die Seite Meiner lichten Dignität voll Heiterkeit, Wahrhaftigkeit und Unerschöpflichkeit im Wunderbaren.

3.15
Was ist Tradition, wenn nicht die Übertragung der Gottseligkeit von Mir zu dir im Gottesgeist durch Generationen? Es äusserst sich Mein Sein in der Getragenheit der Zeit, in der du ohne jeden Widerspruch und Pflichtruf einfach da bist, um die Wohlbekömmlichkeit der Stille zu geniessen. Aus den Momenten innigen Erwartens gehst du als gesegneter von Meinem Glanz und Glück hervor, dem aller Welt Getriebe und Ranküre ist bedeutungslos geworden. Du durchschaust die

Lebensdinge so, als ob sie gläsern wären und erkennst die Absicht jener, die sich mit verstellter Miene als Gebildete und Grandseigneure, Volksverbundene und Theokraten präsentieren. Nichts weiter sind sie, als ein niedlich Häufchen purer Eigensinnigkeit, in welchem alle pausenlos voll Würde reden ohne im Geringsten Meiner würdig und gestählt zu sein in des Geistes myriadenfältig dargelegten Variationen. Was ihnen fehlt sind: Einsicht in ihr Wesen, wie Geschliffenheit in Sachen Welterkenntnis höherer Dimension, die nur von Mir vermittelt wird im Zuge Meiner Wundergaben. Die vor Mir arm sind, mach Ich reich an Wissen über ihres Seins Gebärdenspiel und verleihe ihnen, was sich ziemt, in Meiner Hemisphäre göttlicher Bewusstheit und holdseliger Regie. Da sind dann andere Gewalten als die deinen, wankelmütigen, am Werk zu sehn. Es erweisen sich des Himmels Kräfte als die eigentlichen Macher, Oligarchen und unendlich weise wissenden Gebieter hinter der profanen Welt der Beutejäger und habgierigen Proleten. Das Geheimnis ihres Seins ist licht und wunderschön und kann mit keinem anderen verglichen werden. Vollkommne Unbeschwertheit segelt durch die seelenvolle See im wachenden Gemüte und macht die Wonne manifest, der sich das Allgöttliche erfreut in seinen sakrosankten Meisterzügen. Im beglückenden Betrachten deines Hierseins bist du Es geworden ohne jeden Vorbehalt und darfst dich als der Herold seines Seinsgewissens, wie des deinen, ungeniert vernehmen lassen. Ist das nicht bezaubernd, überwältigend und all so süss, wenn du bedenkst mit welcher Leichtigkeit und welchem Schwergewicht zugleich du in das reine Sein geglitten bist in Mir und Meinen Levitationen. Du Bist und Bist Es schon für immer ohne jede Künstelei und blendende

Staffage. Deine Seins-Substanz ist Meiner abgewonnen und wie Honigtau in dich geronnen, um des Freudentages Willen, an dem du Mich erkennst in deines Seelenseins Verlies. Ich weite, was beengend war, bis ins unendliche Bewusstsein Meiner Sphären und erhalte dich darin in einer wunderbar gesegneten Synthese aller Himmels-kräfte, die da sind und sich als das Vollendete, Elysische und Unermessliche an sich erweisen.


## 3.16

Ach du liebe Zeit, wie bin Ich glücklich, närrisch glücklich, dass Ich Bin seit aller Zeit und liebevoll versehn mit allen götterlichten Iterationen. Was hat es denn auf sich, dass Meine Stärke und Mein seelenvoller Rückhalt in der Art und Weise liegen, wie Ich Mich der Geistwelt gegenüber stelle im tagtäglichen Verhalten und vernunftgesättigten Juhee. Da weiss Ich, dass die Himmelskräfte wirklich und unendlich wirkungsvoll Mein Sein durchströmen und es mit dem Sinngehalt der Sterne, wie der Gottesgegenwart, begüten. Eine solche Schau auf was Ich Bin, kann nur im unmessbar Unendlichen vonstatten gehn.

Auf welcher Höhe du dir sein willst, kann allein an der Beschaffenheit und Qualität, Empfindsamkeit und Helle deines Seinsbewusstseins liegen. Das generiert hinwieder die Beziehung zwischen dir und Mir, an dessen Schmelz und Zierlichkeit, Intensität und Wachheit alles liegt, was du hereinholst in dein wirkliches Erleben.

Früher stauntest du die Lebensdinge nur von aussen an, doch nun sind sie mit soviel Innigkeit mit dir verbunden, dass du sie erkennst in ihrem eigenlichen Wesen, das Ich Bin und das du Bist in deiner gottesgeistigen Struktur.

Noch qualmt es tüchtig im Verstande deiner menschlich ausgeprägten Seele und somit kann sie ihrer Göttlichkeit Befund und gütevolles Manifest nicht sehn. Doch kaum von dir bemerkt verlagert sich der Schwerpunkt deines Denkens vom pesanten Irdischen zum schwebeleichten, lichterfüllten Göttlichen hin, in dessen strahlender Potenz es sich aufs Trefflichste geborgen fühlt und liebeszärtlich aufgehoben. Bist du so, so kann dir nimmer auch nur das Geringste fehlen, denn dein Sein vollzieht sich fortan in gewaltig gottgesegneten Dimensionen. Du bist dir selbst zum Massstab und Begründer der Allherrlichkeit, die dich beseelt, geworden und darfst dich rühmen, deines Lebensspiels Gewaltiger und Ass zu sein im Zuge Meiner wohlbegründeten und makellosen, ewig heiteren und liebevollen Präsentationen.

# 4

# Gesegnete des Himmels

## 4.1

Gesegnete des Himmels dürfen sich voll Seele auch inständig in ihm wähnen. Ihr Bestreben ists, auf Dauer das Bewusstsein der Allherrlichkeit zu pflegen, doch sie fallen ständig aus dem Seinsnatürlichen heraus, weil ihres Wesens Grad der Reife noch des Irdischen bedarf, in ihrem Höhwärts Streben. Wer entscheidet letztlich über sie und ihren Gang in die begehrenswerten Tiefen der Unendlichkeit? Natürlich Ich in ihnen, der Ich Bin das A und O der menschenweltlichen Geschichte noch im allerkleinsten Zweigbetrieb. Du kannst Mir, selbst mit dem markantesten und kühnsten Aufwand nicht entfliehn, weil Ich dich wesenhaft begleite und deiner Unruh Seinsgefährte Bin in allen weltlichen und überirdischen Belangen.

Somit kann Ich dir versichern, dass dir eigentlich nur eines Not tut, nämlich Einsicht in dein wahren Wesens Konterfei und Kontrapunkt in einem. Das ist es, was Ich als die Wunderbarste aller Künste und von Gott gewährten Günste auf den Sockel der Beschaulichkeit und Lebenswürde heben will. Du magst ein noch so siebenfach geehrter Bürger und Magister sein, ohne Meine Ehre bist du nichts Erwähnenswertes in der universenweiten Seinstriologie. Mache dir zunutze, was Ich deinem Dasein unablässig ins Gewissen träufle und verbinde deines Seins bescheidenes Delirium mit Meinem allgewaltigen Partout, um endlich deiner Mitte Trost und deiner Sendung Billigkeit zu finden.

## 4.2

Verehre, was du Bist, als Meines Seins geheime Offenbarung in der Welt Getriebe und durchtriebenem Hallo. Deinen Status quo zu kennen nützt dir, wie du wissen sollst, unendlich viel. Es laufen nämlich alle Fäden allen Menschenseins in Mir, dem Übermächtigen zusammen und verbinden sich damit zu einem Ganzen, Seinsvollendeten, von unerhörter Majestät. So bist auch du von A bis Z auf Mich bezogen, dessen Gravität dir Stütze ist im Irdischen und dessen Geistigkeit dich hegt und pflegt in deinem übersinnlichen Gebaren. Nun geht es mir darum, dich evolutionenlang bis zur Vollendung auszubilden und dich damit Meinem Status gleichzusetzen im allschöpferischen Manifest der Gottesweise zu agieren. Gedanken-scharf und allertiefst empfunden wirst du Werke schaffen, die mit genuiner Eleganz brillieren und genau in Meinem Sinn und Habitus vor aller Welt bestehn.

## 4.3

Trachte ohne Unterlass nach dem was droben ist und komme so zum Ewigen, das Ich in dir begründe und mit wesenhafter Geisteskraft verseh. Es gilt für dich, den Einklang mit dem, was Ich für dich Bin, zu finden, damit dein Leben rund, gesund und koscher wird, von Mir und Meiner unnachahmlichen Entschiedenheit geprägt in Sachen Wohlfahrt und holdseligem Gedeihen. An dir liegt es, den Faden des Erfolgs und der Begünstigung von Meiner Seite aufzugreifen und vertrauensvoll an ihm zu ziehn, derweil du seine Stärke wachsen siehst, bis er dir zum robusten Seil geworden ist, das alles trägt und leistet was dir frommt und was in deiner Hemisphäre tunlich ist nach Noten. Du spürst den Seidenglanz der guten Hoffnung dich umschweben, dass Ich komme und für alles, was dir so begegnet, einsteh in bewusster Rigorosität und beneidenswertem Seinsgenügen. O du Mein Bild, wie hab Ich das Verlangen, dich in Meine Ehre und Bewusstheit einzusetzen, wie ein goldbetresstes Steinchen in Ravennas Mosaiken, dir und aller Welt zum Wohl.

Meine Hände sind dir offen und mit Gaben der allherrlichen Beredsamkeit belegt, die allesamt von Mir und Meinem unwahrscheinlichen Gespür für Graziöses und Glückseligmachendes erzählen. Ich Bin wie nichts gelöst und frei von allen Übeln, weil Mein Erbteil reine Geistesfülle und Bewusstheit Meiner Menschengottheit ist, in reinen, vollen Zügen. Das ist, genau nach Plan, der Sinngehalt der Sternenwelt, den Ich begeistert in Mir wachsen seh. Aus Seelenfinsternis wird Licht, aus Ängstlichkeit die Kraft der ewigen Jugend und aus Trübsal die Versonnenheit der Freude am allweltlichen Gebaren. Du Bist und darfst es frei heraus zu dir und jedem sagen, der da in Mir sein will, als in der Sphäre der unendlichen Befriedung, Lauterkeit und Seelenseligkeit, die Mir zuvörderst und zuerst in namenloser Eintracht mit dem Universensein der Welt zu eigen.


4.4
Mein ist dein und alle Dinge deiner Welt sind damit ohne jeden Vorbehalt zu Meinem lichten Sein erhoben. Dieser Heilsgeschichte ist im Grund genommen nichts hinzuzufügen, denn solange du nach ihrem Inhalt und bezaubernden Gewicht verfährst, kann dein Benehmen nimmer fehlen. Meine Geistesfülle strömt dir zu allüberall wo du dich aufhältst, sei es kleinkörperlich oder in den namenlosen Weiten des Bewusstseins überirdischer Natur. Erkenntnis deiner selbst tut dir am Nötsten und versetzt dich in die Lage, das aus dir zu machen, was Ich durch Äonen will: Ein Wesen von naturbegabter Grazie und Gläubigkeit, Beständigkeit im Sein und von unendlicher

Geschicklichkeit im schöpferischen Pläneschmieden. Alles was du sehnsuchtsvoll erwartest, strömt dir aus Meinen offenen Schalen unvermittelt zu und beglückt dich, dich mit Geisteslicht beschenkend, wunderbar. Du erfährst herzinnig, was es heisst, ein Gottesfreund und Seinsgesegneter zu sein, an dessen Lippen Tausende und Abertausende begeistert hängen, denn sie verkünden ohne jeden Pathos einer Menschheit sittliches Gesunden und ihr überirdisch angesetztes Wohl.

Auch du bist neuerdings in Meine Klasse aufgenommen und gehörst zu den erlesnen Favoriten Meiner Wahl, die von Meinem Weltgedankengut das allerbeste Lernen sollen. Es ist der Seinsgedanke, der vor allen anderen besticht und der die wahre Grösse deines Menschentums besiegelt. Du brauchst dich deiner wahrlich nicht zu schämen, wenn du inne wirst, wie sehr Ich, der Allgöttliche, dich hätschelt und belebt, dein Wegbereiter ist und der Vermittler götterlichter Gnaden. Du Bist, weil Ich den allergrössten Dienst an dir versehe, nämlich den, dich aufzuwecken aus dem Grab der Ignoranz von Meinen sagenhaften Perspektiven. Denn die bedeuten dir Unendlichkeit des Wesens und vollendete Genügsamkeit an dem was du dir Bist und was Ich in dir Bin in Grossmanier und Unbeschränktheit, Tatenfreudigkeit und königlichem Weltbedeuten.


4.5
Glückauf in deinen besten Tagen, die von Mir induziert und anberaumt, mit Heiterkeit verbrämt und dir von Mir geschenkt sind immerdar. Ich gestatte Mir, an deiner seelenvollen Seite fürbass durch die Welt zu gehn und dir als treuer Wegbegleiter alle Wendungen, Verwehungen, Abbrüche

und Sanktionen bestens zu erklären, die für deine Seinsentfaltung und Entwicklung nötig sind. In guten Treuen trag Ich dir das Vorbild vor, das Ich für deinen Fall und deine Wohlfahrt liebevoll entworfen habe. Du brauchst nur aufmerksam mit wachem Geiste zuzuhören, dem, was du im Inneren vernimmst und es auch zu erhören, damit du auf den Weg der Redlichkeit und Zuversicht gerätst, in deinem von Mir hochgeschätzten Leben. Aus Meiner Sicht gesehn hat alles, was du so erlebst, seinen wunderbar geschniegelten und seinsbesiegelten, weltoffenen und götterlichten Sinn, der Meinem Universen-Magistrat entspringt, wie Meiner Muttergüte, die für alles sorgt was sie dahingeben. Im Seelengrund gesehen, brauchst du dich um nichts zu kümmern, was dein Sein betrifft, denn Ich Bin Es und habe allen Grund, dich damit aufs Entschiedenste zu fördern und tiefinnig zu beglücken mit der Seelensicherheit, die Ich dir liebevoll vergebe.

Wie ein Magnet Bin Ich in dir für alles was nach ehernem Gesetz, wie nach der Andacht deines Herzens, um dich und in dir geschieht, aus lauterer Liebe zu den Meinen. Was willst du mehr, als überall den Einfluss Meiner Herzensgüte konstatieren, der auch dich ganz explizit und wirkungsvoll, konstant und majestätisch meint, in deinen anspruchsvollen Erdentagen.

Vom Sein Geliebter und -Geliebte, lass dich los und falle ohne jeden Vorbehalt in Meinen Schoss, wo sich die Lebenszweige von den schweren Früchten beugen, die dir zugedacht und angemessen sind von Meiner sinnenden Staffage. Einig mit Mir musst du nimmer darben und, zu Meinem Licht erhoben, leuchten dir die Sterne der Unendlichkeit besonders segenvoll und morgenschön.

## 4.6

Mein Bewusstsein ist ein weltgedankenvoller Garten, dem es an nichts gebricht und dessen Sinn und Flor Ich immerzu behüte, liebevoll und wunderbar. Seit aller Zeit ist dir von Mir bedeutet worden, dass er allen offen steht, die sich im Leben als gewissenhaft, beständig und vertrauensvoll bewähren wollen. Ihnen steht es freilich zu, das Gebiet der göttlichen Vernunft, Wahrhaftigkeit und Sitte schrittweis zu betreten, um damit ihrer Sendung, Menschlichkeit und Gravität den Schliff unendlicher Gediegenheit und Gotteswürde zu verleihen.

Dein Bewusstsein wird damit unweigerlich zum Mass der Dinge, die da in dein Leben kommen sollen. Du kannst es mit Bedenken aller Art erfüllen und dich schmählich vor dir selbst und demzufolge auch vor Mir erniedrigen, oder du gewinnst vertrauensvoll und zielbewusst allgöttliches Terrain, auf welchem sich die nobelsten und akkuratesten der Herzenswünsche unbedingt erfüllen. Meine Weide ist ein zauberhaftes Paradies bildhübscher und erhebender Gedanken, die dich nach der Wahrheit süchtig machen und dir kundtun, was du wirklich Bist als Wesen der Unendlichkeit und der unendlichen Gebärde Meines gottesweisen Stils. Kaum zu lassen weisst du dich vor Freude über die Entdeckung deiner Dignität, die sich als Meines Seinsgewissens Wohlklang und Geläut erweist in deines Seinserkennens Genialität, Verwunderung und Opportunität. Wo du nun Bist, verweile und beeile dich nicht mehr, an allen Ecken und Enden deine simple Klugheit zu verwenden, sondern das erhabene Verlangen nach Gestilltheit in elysischer Manier, wie in der Grazie der himmlischen Gerechtigkeit und liebevoll erfahr'nen Geistes-harmonie im Wunderbaren.

## 4.7

Alles liegt an dir, unendlicher Gefährte Meiner hocherhabenen Amouren. Es scintillieren dir die Sterne Meinen Liebesglanz entgegen, Meine wonnevollsten Werte schenk Ich dir. Alles was Ich Bin und treibe strömt dir ohne Unterlassen zu, um dich für Meine Seite zu gewinnen, in der Unrast deiner Seele wie in ihrer gnadenvollen Ruh. Es gaukeln dir durchtriebene Gelüste Liebeswonnen vor und können sie nicht halten; deine Augen triefen vor der Lust, noch Prächtigeres zu besitzen und deine wunden Füssen eilen jedem Unsinn nach, der deiner Sehnsucht Linderung verspricht und deinen Gliedern süsses Wohlbehagen. Alles was du so erwirbst, verflüchtigt sich, wie du schon weisst, im Nu und hält dich trotzdem in dir selbst gefangen, ratlos unentschieden.

Was ist nun die Quintessenz von Meiner ernsten Rede? Dir zu sagen, dass es einen Heilpfad gibt aus allen Unzulänglichkeiten deiner weltlichen Person und der heisst: Finde Mich in dir – und du erlebst dich wie am Schopfe aus dem Sumpf gezogen. Nach der Trübnis deiner selbstgefälligen Gedanken trage Ich dir makellose, gottbeseelte vor, die ihren Ursprung in des Geisteshimmels Grazie und Wohlfahrt haben. Über allem Mordio-Gezeter thront der absolute Friede Meiner Levitation, der will auch dich herzinniglich berühren. Dünne Luft ist angesagt, wo Ich in tiefempfundenem Vertrauen Meine Andacht halte. Ohne Zweifel steht dir noch ein langer Weg bevor, doch unternimmst du es, ihn mutvoll, würdig und beständig zu beschreiten, wirst du bald Mein traulich Angebinde und Arom an deiner grünen Seite konstatieren. Das macht, dass deine Züge glatter werden und deine Inbrunst feuriger, dem Reich der Mitte Meiner Göttergaben zugetan. Dein Sein, in Meinem wesensgleich geworden, deine Herzensgüte überstrahlt der Sonne gleich das Leben vieler tiefgebeugter Seelen und dein schöpferisches Flair gebiert aus Meinem Fundus Köstlichkeiten höchster Ordnung, die die Seeelenwelt beglücken und ihr Sinngefüge zur Vollendung stilisieren, Mir und Meiner hoheitsvollen Konfirmation entgegen.

## 4.8

Noch kaum erwacht hast du bedacht mit welcher Zartheit Ich dein Sein berühre in holdseligmachender Manier? Das erklärt sich aus dem Umstand, dass dein Seelensein dem Himmel, also Mir, noch offen ist, sowie dem Einfluss Meiner Fülle und Glückseligkeit zu wunderbar gesättigtem Genügen. Es spielt sich alles wie im Märchen ab, was du im Zustand der erhabenen Geselligkeit mit Mir erlebst, und alle deine seinsbetrachtenden Gedanken sind voll Liebe dem Allherrlichen geweiht, das Ich dir Bin und das Ich, selig in dir seiend, zur beglückenden Vollendung treibe.

Was deutet bei dir auf Vollendung hin? Wenn dir dein pittoreskes kleines Ich nichts mehr zu sagen hat bei der Durchdringung deiner Lebensfragen. Es lenkt dich von Mir ab und divergiert, statt zu dem einen, wunderbar erhab'nen Sammelpunkt zu führen, der Ich Bin und der die Weiten der Vergänglichkeit gelassen übersieht, in der Erkenntnis seiner makellosen, götterlichten Motivationen. Es ist das Heile Meiner Welt, das Mich im Schöpfertum dazu beflügelt, immer Neues zu gestalten und erhalten in bewundernswerter Seinsgeschlossenheit und herzerquickender Raison. Wie nichts ist stimmig, was Ich in das Sein entlade, indem Ich es mit Meinem Sang und Klang durchsetze und es nach meinem Gusto auf gelindem Trab und in bemerkenswerter

Bonität erhalte. Da gilt es täglich, dich für Mich, das reine Sein, oder für den Abfall von Mir zu entscheiden. Leichthin kannst du dir erdenken, was es heisst, nicht mehr zur Gilde der von Mir Geliebten zu gehören, denn Abgefallene verlieren sich im namenlos verwinkelten und ausweglosen Labyrinth des Eigenwahns, dem sie mit maledettem Eifer frönen. Die von Meinem Haus Behüteten hingegen dürfen sich im Lichte göttlicher Vernunft in voller Freiheit durch den Geistesraum bewegen, der Ich ihnen Bin und den sie in der Vollnatürlichkeit des Seins voll Seligkeit begriffen haben.

### 4.9

Konstruktiv und - kratzebürstig kann Ich sein, je nach der Situation, die Ich mit Vorbedacht heraufbeschworen habe. Ich eröffne auch in deinen Breitengraden einen geistigen Prozess, dem du dich zu stellen hast und dessen Ausgang ganz in deinen Händen liegt, soviele Leben lang wie nötig sind, um deines Seelenseins Gefieder zur moralischen Vollkommenheit zu führen.

Was recht ist, offenbare Ich in deinen Herzensgründen, und du hast dich Meinem Richtspruch unbedingt zu unterstellen, sei er noch so folgenschwer. Es gibt kein Tor zu den Gefilden und Gemarkungen Elysiens, es sei denn durch den Bogen, den Ich für die Makellosen und die Seinsbeständigen errichtet habe. Meine Werte sind ein Traum von Schönheit und erhabenem Gedankengut, die Ich mit Akribie und Wohlverstand mit Meinem Götterwillen rein erhalte. Das ist die Szenerie, zu deren Güte, Pracht und Herrlichkeit auch du berufen bist in Seinsbewusstheit, gnadenvoller Überlegenheit  und Wonne des unendlichen Befriedens.

## 4.10

Mit Mir im Bunde ist das Dasein eine Aufeinanderfolge wunderbar befriedender Ereignisse, die alle
Mich zum Ziel und zur beglückenden Erhebung
haben. Es ist ja immer zu bedenken, dass das Heil
der Welt in Meinen Händen liegt und dass Ich alles,
was erhaben, wohlbekömmlich lauter und entzük-
kend ist, aufs Trefflichste verwalte. So ist es denn
gegeben, dass alle, die den Weg zu Mir und Meiner
weltenschöpferischen Unbescholtenheit gefunden
haben, sich aufs Innigste beglückt und frei und
seelensicher fühlen. Du brauchst dein Raritäten-
kabinett nur um der Liebe Gottes Willen aufzugeben
und schon hebt sich etwas wie ein Schleier weg von
deinen Augen. Du erkennst, dass du als arm im
Geist Gewordener viel mehr besitzest, als du dir je
denken konntest in der Zeit der vielgerühmten
Sächelchen und Episoden, die dich allesamt aufs
Unverschämteste belastet haben. Wenn du doch
aus Mir, dem wahren und gerechten Medium der
schönen Künste und Gepflogenheiten, liebevollen
Dienste und Verrichtungen hervorgingst, kannst du
auch sicher sein, dass Ich dich mit Sperberaugen
liebevoll behüte und selbst mit den stärksten
Sanktionen, die Ich über dich verhänge, nur dein
Bestes will und dein Entfalten zur glückseligmachenden Bravour.

So stimmt, was immer stimmig ist in Meinem
Garten, und das Leben hier ist eine Zierde des
unendlichen Begabens, das du Bist und weisst es
auch zu schätzen als der Meister und besonnene
Gebieter über deine Angelegenheiten. Du lebst in
einem Geistraum von Erlesenheit und Vatergüte,
dessen Ziel es ist, die Seinen aufs Entschiedenste
und Aufgeschlossenste mit hocherhabenen Gedan-

ken zu versehn, die allesamt dem Universum der Gottseligkeit und Wohlfahrt angehören.

## 4.11

Nichts verlang Ich mehr, als dieses Weltalls Herrn zu dienen und damit unter seinem Schutz und Schirm zu stehn. Da ergibt es von selbst, dass Ich für alles, was sich in der Tage Lauf und Quirligkeit für Mich, wie für die Welt, ergibt, unendliches Verständnis habe. Die Tage kommen und vergehn im unerschütterlichen Wandel des Planeten, doch was Ich als Mein Wesen in Mir fühle, rechnet nicht mit Zeit und Stunde, Hell und Dunkel oder mit des Lebens Fitness und Falaria. Es schweigt und schaut sich selber zu beim tüchtigen, wie unbotmässigen Agieren. Es hat sich als das Ewige an sich erkannt und muss sich deshalb weder vor dem Zeitlichen noch vor der Zukunft oder gar vor Tod und Teufel fürchten.

Meinem Sein obliegt es, das bewusst Gewordene in seiner wunderbaren Schlankheit und Erhabenheit in alle Welt zu tragen, um damit in den aufmerksamen menschlichen Gemütern dieselbe Unbedingtheit, Wohlgefälligkeit und Daseinsliebe zu entfachen. Das Einzige, was Mir noch fehlt ist, dass Ich nicht in allem, was da ist, in derselben Weise gegenwärtig sein kann, nämlich im Bewusstsein der Allherrlichkeit, in dem Ich alles grandioserweise überrage.

Du kommst in diese Welt und gehst von ihr und weisst nicht wie und mit welch allerletztem Ziel. Doch kannst du's wissen, wenn du's fertig bringst, dein wahres Ich und damit Mich um Auskunft und Bestätigung zu fragen. Das bringt dann die lang--ersehnte Wende in dein klaustrophobes Sachverhalten, denn du weisst auf einmal tief erstaunt, um was es letztlich geht. Die Schleier lichten sich vor deinen seelenvollen Augen und du siehst dich in ein Licht und Fluidum getaucht von gottgesegneter Allüre. Sie hüllt dich ein, sie ist dein Sein und du willst nimmer etwas anderes an dir haben. Das vollendete Gespür für das, was ist, begeistert deine Seele und erhebt sie ins Nirvana der bewussten Gottgeselligkeit und Allerfülltheit in den Geistessphären. Damit ist gesagt, was du dir Bist und sein sollst nach den ewigen Gesetzen, die da sind und sich voll Liebe und Geduld, Gewogenheit und Sensibilität im Weltenall verbreiten.

## 4.12

Wer es fasse, fasse es und wer sich selbst nicht lassen kann, verlege sich aufs Bitten um Erlösung von dem Eigenwahn. Ich habe nichts dagegen, dass du mit dem Leben spielst, das Ich dir als ein Gottespfand mit auf den Weg gegeben, doch sollst du es auf wunderbar gepflegte und gewissenhafte Weise zu entfalten suchen, um schlussends nach Meiner Eigenart und Sitte, Überzeugung und Begrifflichkeit zu reüssieren. Ich Bin dein Heil, solang du bei Mir Heilung suchst. Mein götterlichter Atem schenkt dir Seinslebendigkeit und ewige Jugend, was Unsterblichkeit sowie Gemeinsamkeit mit dem Unendlichen bedeutet, das Ich in dir Bin und ewig bleibe.

In überlegten Portionen bringe Ich dir bei, was sich geziemt vor Götteraugen und was dir ganz persönlich Not tut auf der lebelangen Wanderung durch Meine Gründe, Schlünde und Verstiegenheiten, allesamt zu deinem Wohl.

So ist es dir von Mir gegeben, seinsnatürlich und im höchsten Grad moralisch vorzugehn, damit von dir und deinen Aktionen kein Unheil ausgeht in dem

Weltbund ungezählter Wesen. Dein Wirken sei von dem geprägt, der ist und der voll Muttersorglichkeit in seiner Weise auf die Wünsche eingeht, die dich tag- und nächtelang zutiefst beseelen. Nun gut. Tatsächlich gilt es für dich deinen Standpunkt menschlicher Rendite und Begehrlichkeit dem Meinigen zulieb zu überwinden, der das Allgöttliche umfasst mit allen seinen überragenden und hoheitsvollen Qualitäten. Sie besiegeln, was du Bist und hieven dich ins Götterparadies, wo sich die Besten aller Zonen, Seiten und Natürlichkeiten wesenhaft vereinen zur Gemeinschaft der Verklärten im glückseligen Allhier.

## 4.13

Notabene taugt ein jeder dazu, voll in Meinem Gotteswerk zu stehn und seinen Beitrag zum Gelingen Meiner hochgesteckten Manifeste und Verfügungen zu leisten. Die Getreuen Meiner Sachlichkeit und seelenvollen Historie der Tausend Künste und Holdseligkeiten haben sich mitnichten über ihr kaleidoskopisches und sagenhaftes Dasein zu beklagen, denn es wird von Mir mit allen Ehren und mit Meinem Wohlstand ausgestattet immerdar. Nach und nach vermischen deine Züge sich mit Meinen und du fühlst dich ohne jeden Schwenker in das Sein gezogen, das für alle Wesen rein dasselbe ist und ihnen Kraft und Mut verleiht zum Leben.

Möchtest du Mich handeln sehn, so schau auf deiner Hände Wirken und Falaria und erkenne, dass es Meine sind, in voller Aktion und mit dem Gütesiegel Meiner göttlichen Präsenz versehn. Du brauchst nur Deviationen zu vermeiden, die aus deiner Eigenart erstehn und schon gewahrst du dich auf dem geraden Weg zu Mir und Meinem hocherhabnen Gütern. Freude, Frieden und holdselige Gedanken lassen sich getrost an deiner Seite nieder, wenn du dich ermannst, voll Eifer und Besonnenheit zu Mir zu stehn und Meine Sache als die Deine zu vertreten. Das macht, dass deine Fibern Göttliches durchzieht und deine Ränke in das Ranking göttlicher Gepflogenheit und Würde fallen. Du Bist und wirkst damit im Geistessinne an der Welt der überirdischen Wahrhaftigkeit und Güte, Redlichkeit, Prosperität und Seinsgefälligkeit in corpore. Dein Wort ist Meinem gleichzusetzen und dein Tun erglänzt im Gotteslichte über allen Weltentaten als gesegnet, beispielhaft, perfekt, wie als vollendetes Idol.

Gibt es da noch Wünsche? Keine seh ich spriessen und so darf Ich mit der Überzeugung schliessen, dass die Ordnungen der Geisteswelt vollkommen sind und dazu angetan den Seinsbegriff zu mehren und den Bürgen ihrer Wohlfahrt zur Glückseligkeit und Gottesminne, ewigen Heiterkeit und tiefgefühlten Harmonie des Herzens zu verhelfen.


4.14
Kraftvoll und erhaben ist Mein Wille, wenn es darum geht, ein neues Weltreich zu errichten mitten in den Myriadenzeiten. Jeder kleinsten Wendung und Betriebsamkeit muss volle Konzentration und Überlegtheit zugewendet werden. In sich selber stimmig muss sich jedes Teil und schliesslich auch das Ganze fühlen, das Ich Bin und das mit überwaltender Gebärde Harmonien schafft und Heiterkeiten, Zuversichtlichkeiten und ein glückseliges Finale.

Meine Meisterschaft besteht darin, dass Ich jede noch so winzig scheinende Nuance fest in Aug und Herz behalte durch Äonen. Ohne jeden Zweifel ist

Mein schöpferisches Flair aufs Äusserste gefordert, wo immer sich die feingefügten Zellen Meiner Disposition durchs Weltenall bewegen.

Ich mach es wahr, dass die von Mir Geliebten ihrer Zeit auf ewig in Mein aberwilliges Gedächtnis eingeschrieben bleiben, das heisst, Ich trage sie vom einen Sein ins andere hinüber und lasse ihres Wesens Kräfte, Säfte und Verbindlichkeiten immer wieder neu erspriessen. Mein Weltbegriff lässt sich nur aus dem Wirken des Unendlichen erklären und Meine Stärke ist das Unerschöpfliche an sich, von dessen Fülle Ich bedenkenlos und folgerichtig zehre. Ich gebe dir Mein Wort dafür, dass Ich dich als der Vater und Gestalter aller Lebensdinge stets begleite so intim, wie nur ein Gott des Heils dich schicksalbildend immerzu begleiten kann. Was sich in Mir, wie dir, aufs Schicklichste bewahrt, ist zweifellos desselben Seins allgültige Parole. Sie spendet und enthebt, ihr Spruch entspringt dem Weltenschoss, aus dem die allgewaltigen Lebensdinge emergieren, um ihr Entfalten durch Jahrtausende zu ziehn. Auch deines Wesens Ausbund und Gelingen setzt sich fort und fort, bis es sich als das Ewige erkennt und wonnestrahlend in ihm badet, seinsbewusst, gottselig, licht und wahr.

## 4.15

Kronzeuge Meiner eigenen Affären Bin Ich Mir allüberall wo Menschenwesen tätig sind in ihren weisen oder wirren Dispositionen. Ich Bin der Geist der Wahrheit und der Zuversichtlichkeit in ihnen, ohne jedes Wenn und Aber und Ich lenke und bedenke unaufhörlich, was sie tun, zu ihrem wie zu Meinem Nutzen im Unendlichen.

Siehst du ein, wie viel Berückendes, Entzückendes und Patronales Ich als Seinsgewicht auf deine

Lebenswaage lege, wird dein Anteil minikrim und ist doch treulich von Mir zu beachten als die Gabe der profunden Menschlichkeit an Meine eigene Natur.

Du bist gerade jetzt mit leiser Innenstimme aufgerufen, allverbindlich und reell zu sein in deinen hochbrisanten Operationen, damit kein Ungemach entsteht in Meinem so geschickt und weise angelegten Lebensgarten. Ganze Schwärme von bedeutungsvollen und erhebenden Gedanken send ich dir in liebevoller Weise zu, um dir die Gnade der Erlösung von den Vanitäten irdischer Provenienz und Tücke zu erweisen. Du brauchst sie nur in stiller Andacht als zu dir gehörig zu beachten und schon schreitest du auf dem berühmten Gottesgrat bewussten und holdseligen Gewissens unbesorgt dahin, um ganz natürlich und bescheiden Meinen Stil und Mein bedeutungsvolles Überragen auszuleben.

Ich Bin noch in der unscheinbarsten Episode deines Hierseins Meiner eigenen Präsenz und Redlichkeit Redute und verlange nichts von dir, als Einsicht in Mein Wesen und erwartungsvolle Akzeptanz der Würde Meines gottgefälligen Gehabens. Achtung vor dem "An Sich" lehre und gebiet Ich dir und traue dir Erbarmen zu an seiner Feinheit, Unbescholtenheit und Bonität.

Du Bist, wie die Myriaden um dich her, dem Licht der Welt verpflichtet, dessen Flammen alles, was da ist, aufs Innigste beseelen. Licht ist Leben und Leben ist die Quintessenz der laufenden Geschäfte und Geschäftigkeiten, Liebesszenen und erhabenen Betrachtungen der Weisen, die dem Dasein ihren Sinn und die von ihnen aquirierte Gottesweisheit zugesprochen haben. Sie erfüllen, was Ich propagiert und angestossen habe, als Mein Vorbild und verheissungsvolles Ideal, das Ich Mir Bin, im

geistbeseeltem, unvergänglichen und seinsbe-
wussten Weltensaal.

## 4.16

Menschenliebe ist der Gottesliebe gleichzusetzen in
der Seinswahrhaftigkeit, die Ich mit Vehemenz und
Überlegenheit vertrete. Mein Vermächtnis an die
Welt ist eine Folge von Erkenntnissen aus erster
Hand, das heisst, aus einer Geisteshöhe ohne-
gleichen, die mit ihrer Weisheit, ihrem Witz und ihrer
Genialität den Urgrund schafft für alles, was da ist,
und seinen Part versieht im Überall des Universen-
lebens. Was Ich zusammenfasse, ist bis an die
Grenzen allen Seins verstreut und soll der
Edukation und Geistesschärfung der von Mir
Verklärten dienen.
Vorwärts schauen heisst auch das bewusst und
heiter hinter dir Gelassene nicht aus dem Auge zu
verlieren, womit das Zueinanderfügen von Erfahrung und Vertrauen dich in rechter Weise führt
und fördert, dem Unendlichen, das Ich Mir Bin,
entgegen.
Dein philosophisches Bewusstsein hat die
Fähigkeit, den Lebensdingen auf den Grund zu
gehn und zugleich von dem Meinen soviel
aufzunehmen, dass es weiss und aus dem Wissen
Weisheit schöpfen kann für Ewigkeiten. Alles wird
dir klar und du gehst als Gesegneter von Meinen
guten Gaben aus dem Seinsgefecht hervor, um
Mich vor aller Welt mit Würde und Gelassenheit, mit
Nonchalance und Anstand zu vertreten. Das aber
ist, was Ich seit allem Anfang will: Ein Volk von
Sachverständigen in irdischen wie himmlischen
Belangen, das mit heiterem Gemüt und offnem Sinn
das Leben mit Mir feiert als ein Fest der
Wohlgefälligkeit und Liebenswürdigkeit am Sein, in

dem wir sind und leben und uns selbander als Glückselige verstehn.

## 4.17

Die Weihe an das Sein soll dir zutiefst gefallen und dich glückselig machen im von Mir gesegneten Allhier. Du magst dein Daseins Rätselhaftigkeiten drehen wie du immer willst, ohne Meinem Einfluss und Gewinn gehörig Raum zu geben, wirst du keine Lösung für sie finden. Wenn du's Recht bedenkst, wirst du erstaunt sein zu gewahren, welche Fülle guter Gaben für dein Lebensglück von Meiner Seite zu dir kommen. Was für ein reiches Erbe trittst du an, mit allen Wohlbekömmlichkeiten, die das Leben dir von früher Jugend an beschert. Generationenlang sind die Verdienste der Kultur gewachsen, die du nun geniessen kannst auf deines Schicksals von Mir wohlbedachter Spur.

Das macht, dass deine Werte immer köstlicher und überschwänglicher, beglückender und auserlesner werden als von Mir gespendet in der Folge ungezählter gütestrahlender Natürlichkeiten.

Zu alledem, was ist, hab Ich Mein Ehrenwort für Funktion, Prosperität und Brauchbarkeit gegeben, dass es dich hierzulande wie im Märchen ankommt - und im überirdisch Angelegten noch viel mehr. Nach gutem Brauch kannst du dies alles zur Verfügung haben und dich königlich daran erlaben. Öffne darob deine Augen und dein Herz und lass Dankbarkeit und Lebenslust, Wohlverstand und immanente Heiterkeit aus ihnen strahlen.

## 4.18

Meine Wanderschaft in dir durchs Leben stärke dich und lasse Überlegenheit und Gottesliebe in dich fahren. Spürst du, was Ich für dich Bin, darfst du beständig in der Wiege des Behagens ruhn, die Ich voll Liebe um dich breite. Jeden Tages Stunden fliessen dir gemächlich durchs holdselige Gemüt dahin, bis dir die Abenddämmerung den friedevollen Übergang zur Nacht beschert mit ihren selig sanften Träumen. Es ist das ganz besonders lieb Geglättete, das dein Gemüt durchzieht, was dich in das Gebiet der ewigen Heiterkeit versetzt, in dem Ich unbeschränkter Herr und Meister bin in wunderbar gepflegten Freudentagen.

Du kannst es kaum noch fassen, dass die schiere Klärung des Bewusstseins so viel Unbeschwertheit und Natürlichkeit, Erhabenheit und Gotteswürde in dein Leben bringt, wo doch so viele andere noch ohne jede Aussicht auf Veränderung der Lebenssituation in ihren Eigenheiten schmoren.

Achte was Ich dir in wohldosierten Portionen vor's Gewissen lege, denn es führt dich schrittweis und besonnen Meinem Reich der Unverletzlichkeit und ewigen Behutsamkeit entgegen.

Bist du in Meinem Sein erwacht, gewahrst du, wie die Myriaden wohlanständiger und recht gewissenhafter Bürger und Kumpane ihre Lebenszeit verschlafen. Sie bilden sich das Wachsein ein, derweil die Lider über ihren Geistesaugen tief geschlossen sind und sie das überirdisch Angelegte nimmer sehn.

Ich halte Mich bedeckt, derweil du dauernd ausrufst und beständig auf die Nase fällst in deinem Rufen, Raufen und Auf-deinem-guten-Recht-Bestehn. Takle ab bis du barhäuptig und bescheiden vor dir selber stehst und damit auch vor Mir, dann kann Ich dich mit wahrer Güte und Gelassenheit beehren. Du kommst und wirst mit Meines Königseins brillantnem Diadem gekrönt zu deinem meisterlichen Wohlbehagen. Dein Soll ist bis zum

Rand erfüllt und du erfährst zutiefst beglückt die
Würde deines Seins im Wohllaut Meines weihe-
vollen Dich-Begabens.

4.19

Des Wankens ist ein Ende allsogleich, wie du als
Wachgeword'ner vor dir selber stehst in allen Ehren
Meiner Provenienz und Grossmut im Vergeben. Du
lässest es dir wohl sein in der Tat, im Bunde mit der
Überzeugung, dass dein eigentliches Wesen
geistiger Natur und damit unsterblich ist, dem
Ewigen erlesen. Deine Einsicht in die geistige
Struktur der Lebenswelten weitet sich von Tag zu
Tagen und schenkt dir mählich das Gefühl des
Freiseins von den mannigfachen Erdennöten. Unter
vielen weiteren sind da die leiblichen Genüsse zu
erwähnen, die dich innig mit dem Irdischen
vermählen und dein ganzes Tun und Lassen
absorbieren wollen. Nicht zu vermeiden sind sie,
aber zu beherrschen mit der Nonchalance der
Meister, die von klaren Definitionen was verstehn.
Der Drang nach dem Genuss vernebelt dir des
klaren Denkens Part und lässt dich wanken im
Entscheiden, was noch eben gut und was
verderblich ist in deinen raffinierten Iterationen.
Lebelanges Üben ist in diesem Fall gefragt, bis sich,
mit Meiner Hilfe, absolute Sicherheit des Dich-
Verhaltens einstellt, seinspolar.
   Ein weiteres Kapitel von versucherischer Art und
Weise sind die Traditionen, die an sich bekömmlich
und gefragt sind, aber manchen Fortschritt rabiat
blockieren.
   Wisse, was du willst und sei dir selber ein Idol der
Seelenstärke und Beständigkeit, dann kann Ich dir
zu höherer Einsicht in den Weltenlauf verhelfen.
Alles was du meisterst wird dann segensvoll und

süss zu deinen Häupten stehn und jede deiner Wendungen vermag sich seinsgeschickt und ingeniös zu Mir zu schlängeln. Ich wahre deine Rechte und richte dich nach dem, was droben ist, damit Mein Heil dich überfalle und die Herrlichkeit des Herrn in deinem Weltbild siegreich und verschwenderisch, bewusst und seligmachend dominiere.

**4.20**
Graziös und seinsdurchtrieben sollst du an der Stelle wachen, die du dir errungen hast, um dann unter Meiner schützenden Ägide weiter ins Unendliche zu ziehn. Nicht zu leugnen ist, dass Seinsbeständigkeit und tapferes Geduldigsein alles von dir abverlangen, was du je zu leisten fähig warst. Doch der Lohn für deine wohlerwog'nen Heldentaten bringt dich in Sachen Seinserkenntnis auf das Trefflichste voran in wonnevollem Wohlgeraten.

Meine gnadenvolle Diktion fährt dir als rettendes Befeuern in die blossen Seelenglieder und gewinnt dich damit für den Kreis der Vielerprobten, die zutiefst beglückt in Meinem Geisteslichte stehn.

# 5

# Ein gottbegnadetes Kontinuum

## 5.1

Wenn etwas zählt, so sind es Meine seinsgesegneten Allüren, zu denen Ich in voller Grösse und Bewusstheit leidenschaftlich steh. Nun prüfe du, ob deine Gangart und Beharrlichkeit, Verspieltheit und Empfindsamkeit nicht ebenso bewusst und rabiat von dir vertreten werden. Das lässt dann auf Gemeinsamkeiten schliessen, seinsintimer Art, die dir sicherlich zum Vorteil, wenn nicht gar zur Jüngerschaft mit Mir gereichen. Leichter ist es, sich an ein bestimmtes Vorbild anzulehnen, als selbst ein Muster von Beweglichkeit, Rendite, Liebenswürdigkeit und Wohlverstand zu sein. Gerade das jedoch ist Mir besonders gut gelegen, denn alles was Ich unternehme, ist von einer Eleganz, Geschliffenheit, Natürlichkeit und Genialität, die ihresgleichen suchen. Was Ich je bestimme, stimmt aufs Haar und lässt sich nimmer ernsthaft kritisieren. Nur Gemeine meinen etwas an Mir auszusetzen haben und verkennen dabei ihre Dürftigkeit und ihren höcht bescheidnen Geistesrahmen. Ich schaue, was sie sind, als Meines Wirkens Werk und lasse sie so lang gewähren, bis sie in sich selber mürb geworden sind für wohlerwogene Belehrung Meinerseits in allem Ernst und mit der Güte eines liebevollen Mutterherzens. Das kann dann Wunderbares und entschieden Seinsbegriffliches bewirken, denn es geht darum, dass du begreifen sollst, wie sehr du Bist und mit wieviel lichterlohen Fäden eng mit Mir verbunden. Stellst du dich auf diese Weisheit und Erkenntnis ein, so bist du auf dem besten Weg, ein Seinsbewusster und Erleuchteter zu werden, dem nichts fehlt und der sich wunschlos und gediegen wohlgefällt im Sein der Tausend Gnaden und Begünstigungen, die Ich ihm aus voller Überzeugung und Gewissenhaftigkeit gewähre.

Somit steht es dir wohl an, dich zwar als Mensch und dennoch als ein gottbegnadetes Kontinuum von allererstem Rang und von erwiesener Unsterblichkeit zu fühlen. Denn was an dir in Geistbeseeltheit, Willensstärke und Bewusstheit leuchtet, ist dem Vergehn nicht unterworfen und darf sich rühmen, eines Gottes Qualität und Energie, Gewissenhaftigkeit und Unvergänglichkeit mit sich zu führen. Ist dir das in deiner Geisteswachheit offenbar geworden, darfst du dich zu den Erwählten ewiger Allherrlichkeit und Seinsgewissheit zählen. Du bist dir sicher, dass du Bist und dass dein Ausgang gleich der Heimkunft Mich aufs Innigste betrifft, in geisteswissenschaftlichen Belangen. Es ist dein grösster Adel, dich als Mich erkannt zu haben in den Tiefen deines Wesens, wo sich weder Sachverstand noch wissenschaftliche Gelehrtheit tummeln können. Nur das „Ich Bin" hat hier Bestand und steht auf festem Boden einer Wirklichkeit von geistgeprüfter Art, die alles übertrifft, was sterblich ist in Meinen Weltendispositionen. Mein Sein hingegen ist geprägt von der Holdseligkeit der Sphären, von schattenloser Lichtheit, die unaufhörlich aus sich selbst erstrahlt, wie von der Grazie Elysiens, die alles Seiende veredelt und verzärtelt, liebevoll zu sich erhebt und mit dem Hauch der Seligkeit durchweht.


5.2
Die Kunst zu Sein soll auch für dich zum Allerhöchsten, das du dir erringen willst, gehören. Bei all dem vaterländischen Gezwitscher und Getobe ist es nämlich eine unveräusserliche Wohltat, sich in höhere Gefilde wunderbarer Ruh zurückzuziehn, um dort sein wahren Wesens pure Geistigkeit und Seinskraft zu erleben. Du hast ja

keine Ahnung, lieber Lebensfreund, was für ein Netzwerk von geschmeidig zirkulierenden Gedanken hinter allem offensichtlichen Getriebe existiert, das weise lenkend und gestaltend in die Weltzusammenhänge eingreift, um sie mählich zur Vollkommenheit zu führen.

Wirrwarr kann nur dort zur Blüte kommen, wo eigensinnige Gewalten ihre Kräfte im Abseits von Meinem grandiosen Evolutionenstrom im Nichts vergeuden und versinken lassen. Sie sind zwar in sich selber mammutgross, doch Meiner hocherhabenen Natürlichkeit und Sitte gegenüber werden sie zum unanständigen Gelichter, von der Sonne Meines Seins und Sinnens masslos überstrahlt.

In Tat und Wahrheit bist du alleweil dazu berufen, dich allein an Mich zu halten in der grandiosen Litanei von Möglichkeiten, die dir wunderbarerweise offenstehn. In dem Masse, wie dir das gelingt, erfüllst du deine delikate Erdenmission und kämpfst an Meiner Seite für erhabene Gerechtigkeit und namenlosen Frieden.

Was Ich so zu deinen personalen Gunsten seelenvoll erwähne, ist Mir im Verlauf des Weltenschicksals längst in Perfektion gelungen: dass Ich in der vollendeten Bewusstheit Meines Seins Mich selbst aufs Trefflichste gefunden habe. Das bedeutet, dass Ich zwar am universenweiten Weltgeschehn wie eh und je gewissenhaften Anteil nehme, doch in des Urseins überragender Ägide Bin Ich Mir das Medium der ewigen Glückseligkeit in lichterfüllten Geistessphären. Mein Bewusstsein ist von der beseligenden Schöpferkraft durchzogen, die Mich dazu anhält, weltenschaffend und regierend aufzutreten, um dem Äonenleuchten in bewundernswerten Sternenräumen ihren Ursprung und ihr Wirkfeld zu vergeben. Was Ich im Abergrossen statuiere ist dir im puren Reichtum deines

Seelenseins genausogut zum Anklang und Gelingen mitgegeben. Du brauchst dich nur mit Vehemenz und Andacht darauf zu besinnen, dass Ich als Sein vom Sein beständig schöpferträchtig und salut in dir agiere, um Meinem Ruf als liebevoller Vater aller Dinge jederzeit gerecht zu werden. Das ist dann die Erfüllung der gottseligen Idee von einem Universum geistgesegneter Brillanz und Güte, worin die Fülle und Wahrhaftigkeit, Liebenswürdigkeit und Himmelstrautheit wohnt, die sich die götterlicht Gewordenen von Sein zu Sein herzinniglich vergeben. Auch du wirst dir des Zustands der Allherrlichkeit bewusst, die dir in Mir zu eigen und in dem du aller Wonnen des Elysiums teilhaftig wirst, mit denen sich die Seinsverklärten liebevoll verweben.


5.3
Wahre Raritäten, so wie Ich sie präsentiere, sind mit keiner Summe aufzuwiegen, denn sie sind als Geist vom Geiste köstlicher als Gold und liebenswürdiger denn seelenvoller Mondenglanz zu werten. Was wird vom Weltall übrig bleiben, wenn man die Materie daraus entfernt? Für die Einen nichts und für die anderen die Fülle wahrer Wirklichkeit, das Sein, das Ich Mir Bin, in genialer Geistigkeit und Daseinsfrische, aus dem sich alles, was da ist, erbildet und erhebt. Das aufs Trefflichste in dir zu schauen sei auch für dein Hiersein eine Relevation, die einer Neugeburt in Meinen götterlichten Sphären gleichkommt, als ein Wunderbares, das dir unverhofft geschieht. Du weisst, was Myriaden andere noch nicht an sich erfahren haben und bist dir auch bewusst, dass keine noch so schönen Worte fähig sind, dir das Erleben des Unendlichen akut zu machen. Du musst es dir in unsagbar

geduldiger, vertrauensvoller und gewissenhafter Arbeit selbst erringen. Dann weisst du, dass du Bist und dass du unabhängig von der Leiblichkeit als Wesen existierst von alles überragendem Bedeuten. Ich Bin darfst du voll Freude seinsbegeistert zu dir sagen und dich dabei im vielgerühmten und ersehnten Göttergarten finden, selbstverständlich, seinsglückselig und final.

## 5.4

Gewahrst du dich, gewahrst du Mich in vollen seinsglückseligen Zügen als der allgewaltige Kreator aller Dinge die da sind im Universentreiben. Du schaust ins Räderwerk der Sterne ebenso, wie in die minikrimsten Motionen Meiner Zellstrukturen, die von Meiner Geisteskraft beseelt sind seit Äonen. Dich muss ein Schauer des Entzückens allsogleich durchfahren, wie dir diese Weise des Betrachtens Resultate bringt von wunderbar geheimnisvoller Schöne. Grenzenlos ist deine Ehrfurcht vor dir selbst geworden, wie vor allem anderen, das sich durch dich bewegt, als durch deine Geistigkeit im kosmischen Gefüge.

Meine Wertung geht dahin, dich auf den Sockel wahren Seins zu heben in der immensen Geistkultur, die ihren Ehrenkodex durch die überird'schen Weiten gleiten lässt durch aberviele Sternenvisionen. Sei gewiss, dass Ich dich als mein Superteil beständig im Visier der heilvermittelnden Gedanken halte, die Ich seit eh und je in nonchalanter Weise, Wissenschaft und Weisheit pflege.

Du bist das Wesen Meiner erdgebundenen wie überirdischen Gefälligkeit am Sein und Leben, dem Ich alle Sorgfalt und Gewissenhaftigkeit, Liebe und Bewusstheit angedeihen lasse von der götterlichten

Art und Weise, die Mir selber eigen. Dir das zum unerschütterlichen und erhabenen Begriff zu bringen, ist Mir eine edle Pflicht geworden in dem Sinnspiel, das Ich in berückender Manier und Seinsbewusstheit mit Mir selbst betreibe.

## 5.5

Modern sein heisst: Zur Avantgarde derer zu gehören, die in ihrem Suchen Mich gefunden haben in der Seinspräsenz, die Ich der Welt seit eh und je entbiete. Betrachte deine Angelegenheiten als die Quintessenz von Meinem stilgerechten Tun und überwache, was du dein nennst, als ein götterherrliches Geschenk und Lernkompendium von erster Güte. Du teilst mit allen, die da sind, ein Seinsgeschick von überragendem Bedeuten, dessen Auf- und Niedergang in Meinen gütevollen Händen liegt seit aller Zeit und Zirkulation.

Statt, dass du im grossen Ganzen untergehst, erscheinst du Mir als eine unverwechselbare Blüte der Natur, an deren Aufschwung und Gedeihen Ich Mein allergrösstes Wohlgefallen finde. Dazu halte Ich dich an und unterstütze, was du immer denkst und tust, mit Meinen königlichen Gaben. Es sei, dass du am Ende dich zu dem entfaltest, was Ich als Kreator deiner Würde will und was Mir vorschwebt als das Idealbild wunderbaren Wohlgeratens. Du Bist, weil Ich dein Pate, Prokurator und erwiesener Beschützer bin von A bis Z und von einer wohlbedachten Güte ohnegleichen, die dich glückselig und verständig, volljährig und erhaben machen soll im Wunderbaren.

## 5.6

Ausgesandt und wieder heimgekommen seh ich dich als Bote für Gerechtigkeit, Manierlichkeit und Frieden in der Welt der Tänzer um Pokale, Schürzenjäger, Mauerblümchen und Magnaten. Deine Predigt soll dir wohl geraten an die mit sich beschäftigten nervösen Stürmer auf der zweifelhaften Bahn durchs Weltgetriebe. Nicht verschmähen sollst du sie, aber adeln durch das treffliche Prophetenwort vom Sein an sich, in dem sich alle unerwachterweise baden. Merken könnt es jeder, dass er tief verwurzelt ist in Mir mit allen seinen Virtuositäten, Klapperschlangenkünsten und frivolen Gaunereien jeglichen Formats, die er dem Leben antut durch geschickte Winkelzüge.

Alle sind versucht, beständig mehr zu wollen als sie sollen und bei ihren durchtrainierten Beutezügen zu verharren, statt in der Zufriedenheit mit dem, was sie in Wahrheit sind, zu ruhn und dabei Mich und Meine Höflichkeit gebührend zu gewahren. Somit gilt es für dich, Meine Werte freizulegen, die, da sind: Bewusstes Handeln, Generosität und Seinsvertrauen in des Lebens Sprichwort und Fanal. „Du sollst dich selbst im Zügel halten", gilt noch immer als allgöttliche Devise in der Menschenwelten all so brünstigem Schoss. Das Mustergültige und Redliche soll sich wie ein verehrenswerter Zauber um dich legen. Du Bist dich selbst indem du dich in allen Wesen deiner Umwelt als präsent erkennst und hilfreich auf dem Pfad zur Einheit aller Dinge im Allhier. Es steht dir frei, durch Wohlverstand und Treue zu dir selbst zu Mir zu kommen, doch steht dir harte seinsbewusste Arbeit in Manierlichkeit und Treue zum Erhabenen bevor, wenn du Erfolg verbuchen willst in Sachen Gottgefälligkeit und Wachheit in gottseliger Manier.

## 5.7

Bei dir ist einmal keinmal, und aus diesem Grund muss eine Gottesweisung an dein Herzblut ewig, unverbrüchlich dauern. Ich sage nie: Jetzt reicht's, doch dir gereicht es nicht zum Lobe, dass du so rasch aufgibst, wenn dich etwas hemmt, in deinen Unternehmungen und Infiltrationen.

Was immer dir von Mir geschieht, ist bis aufs Pünktchen deinen selbsterrungnen Fähigkeiten angemessen, doch du glaubst vom Alltag überrollt zu werden, weil du jedem anderen vertraust nur Mir gerade nicht, der Ich dein Heil und deine Seelenstärke, deine reinste Quelle und dein Alleskönner Bin in deinen übervollen Lebenstagen.

Ich habe dir zum sinnigen Gebrauch ein Kräftekonto auf die Wanderschaft durchs Leben mitgegeben. Doch du überziehst es ständig mit dem Argument, du fändest keine Zeit, um dich vom harten Dienst gebührend zu erholen. Das ist nun eine Phrase, weil du Mich nicht in deine Rechnung einbeziehen willst im täglichen Gestrampel und Hallo. Dabei fände Meine Weisheit und Verbindlichkeit die wunderbarsten Wege, um dein Potential gebührend auszunutzen in den heftigen Disputen und verzwickten Kontroversen.

Ich meide das Zuviel und helfe dem Zuwenig tüchtig auf die Beine, so wie Ich Mirs ausgedacht und eingerichtet habe. Das bewirkt, dass Meine Positionen ständig stärker werden in des Lebens Anstand und Befehl.

Bei Mir ist Mass im Übermass vorhanden und gebührende Erläuterung dazu. Mein Wahlspruch lautet: Wie Ich immer Mich vergebe, gibt es noch viel mehr und Meine Treuen haben davon alles Wohlbekömmliche und Wonnevolle zu erwarten. Steig ein bei Mir und geh mit vollen Händen fürbass durch den Freudentag, erwirk dir Meinen Segen und du wirst vom Tau der Seligkeit des Himmels und von seiner Fülle sanft und sicher, wohlbemessen und verbindlich übersät.

## 5.8

Kurz und gut, was tust du denn in deinem Übermut, derweil Ich wache über dich und deine seichten Lebenspläne? Du wandelst durch die Jahre deiner Zeit und teilst den Taumelgang der Menge, die sich an banalen Dingen gütlich tut, derweil Ich sie auf Höherwertiges und Tauglichers zu führen suche. Die Einen suhlen sich im Machtbetrieb, die andern heimsen glänzende Moneten ein, die ihnen keineswegs gehören. Unfriede herrscht, wo Eigennutz sich wie die Pest verbreitet, derweil in Meiner Disposition bewusste Heiterkeit und Überlegtheit, Sanftmut und Verträglichkeit den Vorrang haben. Ich laufe Sturm der Gier und der gottlosen Irdischkeit entgegen, die vom geistgeprägten Manifest der Herzensgüte und des Ewigen, das Ich Mir Bin, nichts wissen wollen. Das aber schadet der Moral sowie der guten Laune, mit der die Seinsverständigen und Liebevollen, Gottbegnadeten und Weisen immerzu agieren.

Du bist nicht, um allein dein Schrebergärtchen und vor allem deinen Wanst zu pflegen. Dein Sein soll die Erkenntnis Meines Gegenwärtigseins wie Meiner hochgebornen Weltschau in sich tragen. Schütze, was du hast, doch schütze und bewahre auch das Ganze, das du mit Mir Bist und an dem wie eh und je ungezählte Lebenswelten hangen. Mit Meiner Hilfe und Beständigkeit, Klugheit und befriedenden Regie verhelf Ich dir zur Einsicht, dass ein menschengöttliches Gehaben tunlich, möglich und erfolgreich ist, wo immer es zum Zuge kommt im grandiosen Weltgetriebe. Ich reinige was fleckig war und überzeuge die Gerechten Meiner Gottestage von der Möglichkeit der Neugeburt in höhere, vertrauenswürdige und seinsglückselige Sphären. Du bist nicht der, als welcher du vor dir erscheinst solange, bis du dir des götterlichten Wohlgeratens, das dich prägt, bewusst bist in dem Meinen. Ich Bin dir alles, was da ist und sende dich in Mir zum Weltgedeihen und zur ausserordentlichen Herzensgüte, die Mein Dasein prägt. Kommst du bewusst und seelentüchtig bei Mir an, erfüllst du endlich Meinen Wunsch nach Übersicht, Erhabenheit, Loyalität und Gottesminne, die allesamt in Meinem Lebensbuch verzeichnet sind.

Es ist ein Geisteswogen und Beglücken ohnegleichen in den Sphären Meiner Gunst und Kunst, die liebestraulichen Gemüter wach und generös zu halten. Ihre Lebensweisheit ist Legion und ihre Gottbewusstheit ist mit Himmelsglanz auf ihre Stirn geschrieben. Kommet, die ihr euch erwählt habt und die Ich nun von Meiner Seite liebevoll erwähle und nehmt Anteil am Bewusstsein Meiner Weiten, die bis über alle Sterne gehn. Spürt den Frieden und die Harmonie, die Ich voll Seele um Mein Sein verbreite und badet euch in dem was Ich Mir Bin und was ihr seid in der holdseligen Errungenschaft der Geistessphären.


5.9
Trau, schau wem, mit deiner Neigung, unbedenklich und naiv auf jeden Tageswitz und Blitz hereinzufallen. "Apporte", bring Mir den, der diesem Übel niemals unterworfen war und nimm zur Kenntnis: der Bin Ich als Wissender und Weiser von des Himmels eminenten Gnaden. Gutgläubig brauch Ich nicht zu sein, weil Ich die allerhöchsten Glaubenswerte in Mir selber trage. Da geschieht es, dass

Mein gütestrahlendes Bewusstsein allem, was da ist, die Krone aufsetzt, wunderbaren Selbstbehauptens. Du brauchst nimmer in der halben Welt herumzufragen was du tun sollst, um gediegene Vollendung zu erlangen. Frage nur dich selbst und damit Mich in dir nach dem, was du dir sein willst in der Aufeinanderfolge deiner Lebenstage.

Dein Dasein ist ein unerhört geschmeidiges Laboratorium des Wissens und des Wollens nach dem Motto: Gott befohlen und von ihm gestärkt in jeder Phase des genuinen Aufstiegs zur Allherrlichkeit der Geistessphären. Meine tragenden Gewinste fallen dir in Fülle wie von selbst in den glückseligen Schoss, wenn sie in Herzensruhe und Bescheidenheit bei Mir erfragt sind in zutiefst vertraulicher Manier. Du erntest was du nicht gesät hast und erringst, was Ich schon längst für dich errungen habe. Deine Herzens-angelegenheiten laufen wie am Schnürchen der Vollendung zu und was Ich ganz besonders schätze ist, wenn du sie als Verdienst und Wohltat Meinerseits erkennst im himmelweiten Überschauen.


5.10

Wo laufen wohl die Fäden aller Dinglichkeit und Wohlerwogenheit zusammen? Bei Mir natürlich, ist da frei heraus zu sagen und dabei zu betonen, dass nur der Eine fähig ist das Ganze adäquat im All zu übersehn; dem Einzelnen hingegen muss gar vieles, das er nicht beherrscht, entgleiten und zum kapitalen Unding werden. Damit ist es weise für dich, dich an Eines nur zu halten und das Bin Ich, als geniales Zentrum aller Weltbelange, wie als liebender Behüter der Geschicke, die Ich durch die Zeiten wallen seh.

Sowie du dich in Trautheit zu Mir wendest, wend Ich Mich dir zu und offenbare dir ein wunderbar gediegenes Geheimnis, nämlich, dass du Bist Mein Geisteswesens Aperçu und Schwenkel, Maigeläut und Klang von unermesslichem Bedeuten. Das ist wahrhaftig ein Erheben deiner Winzigkeit zu einem grandiosen Korrelat von göttlichem Befund und wissendem Behagen. Du weisst damit, dass Ich dich sicher stelle und zugleich in alle Fernen schnelle als die Vorhut Meiner Selbst in allen Lebensdingen, die da sind und sind von dir an Meine hoheitsvollen anzufügen. In Meiner Klarheit sollst auch du verklärt und dem All-Einen zugeordnet werden. Deine Züge sollen sich in Meinen wiederfinden und in einigem Bemühen Schönheit schaffen von elysischer Besonnenheit und Qualität. So wie der stille Teich sich in den makellosen Rosenblüten erst vollendet, muss sich auch das Himmlische als Wesen der Gestilltheit durch die Stillgewordenen verstehn. Wann endlich wirst du einer von den Ihren frag Ich dich ins Herz hinein und darfst du dich selig nennen als in Mir geborgen, aufs Wesentliche ausgerichtet und vollends ins wahre Sein erhoben?


5.11
Du sollst wissen, dass Ich dich immerzu im Sein erwarte, um dich ins Allherrliche von Meiner Wirklichkeit und Meinem Wesen zu erlösen. Dich mit Mir und Meiner Seinslust zu verbinden heisst, gewachsen und erwachsen in der Welt zu stehn. Was Ich hier meine ist ein Menschenschlag von ausserordentlicher Zähigkeit im Existieren und sich im Allhier verdient zu machen. Das Wissen um die Kontinuität der unerschütterlich in Meinem Sinn agierenden Persönlichkeit soll dich in dem bestär-

ken, was du Bist und was, mit Göttlichkeit gesättigt, Weltgeschichte präsentiert. Unerkannt und oft gemieden gehst du als ein Auserwählter Meiner Majestät einher und kümmerst dich, in Sorgenlosigkeit gebettet, um die Sorgen der verbrieften Allianz von Unerwachten, die wie Meergewoge dich umflutet. Kennst und fühlst du Mich, so kann Ich dich aus deinem kargen Dösen in Mein reich besetztes Wachsein und Statut der alles überragenden und allbereiten Seinsbewusstheit heben. Erst in diesem Zustand bist du Mensch und Sein zugleich und darfst voll Wonne und Entzücken in den Gärten deiner Väter, die du selber warst, für immer wohnen.


## 5.12

Weide dich an deiner eignen Schöne, sag Ich dir und überlasse dich zugleich dem Nimbus des Allherrlichen, den Ich voll Sanftmut und Natürlichkeit in alle Welt verströme. Gestalt erhält wer auf Mich zählt. An Unvergänglichkeit gewinnst du nur an Meinem Busen. Jede Wette geh Ich ein, dass du bei Mir allein erfahren kannst, wohin Ich mit dir ziele. Deine Ansicht von des Lebens Schichten und Gedichten ist noch eingeengt vom Blendwerk vieler selbstisch sprossender Naturen inklusive deiner, die noch nicht des Himmels Grazie in corpore erfahren haben. Doch wenn du deine eigensinnigen Gelüste voll gemeistert hast, bist du an Meinen Tisch geladen, wo Gottgesegnetes und Immergrünes aufgetragen wird in auserlesnen Portionen. Es ist ein unveräusserlicher Vorteil, Mich kennen, wenn du als Mensch im Menschen weiterkommen willst in deinen so sensiblen Lebenslagen. Ein Wort von Mir wiegt Tausend andre auf und kann getrost als unverfälscht und bar und wahr genommen werden. Du brauchst dich nur nicht zu genieren hinzuhören, wo geflüstert wird in Licht und Schatten, spürbar sinngeladen. Nun hast du alle Hände voll zu tun, um das gebührend zu verwerten, was Ich dir gesandt und aufgetragen habe. Es macht dich frei von dir und wendet deinen Sinn von selbstgebauten Nöten, wie von deiner Niedrigkeit im Seinsszenario. Du Bist, das will Ich dir nicht mehr verhehlen und du bist dazu ausersehn, in Meiner Hemisphäre grandios zu sein und lieb und tapfer, wortgewandt und seinsgestillt in wunderbar getragenen glückseligmachenden Dimensionen.


5.13
Nonchalance, Beständigkeit und Liebenswürdigkeit sind bei Mir gross geschrieben, wenn es darum geht, in Meiner wie in deiner Welt gehörig aufzuräumen und die Illusionsgespinste kräftig wegzudirigieren. Erstaunlich ist es zu gewahren, wieviele von den menschlichen Geschwistern keine Ahnung davon haben, was sie wirklich sind in ihrem fulminanten Sein und Streben. Denkst du dir dein Leibliches hinweggestorben, bist du immer noch dasselbe Geisteswesen, das du vordem immer warst. Dort die Hülle – hier die Seele, die es zu vermessen gilt nach Strich und Faden. Eine Lohe seligen Erkennens soll dir zeigen, dass du Bist unsterblich Meines Geistes Part und wunderbar gesättigte Partie, ins hehre Göttersein verwoben. Du gewahrst dich so, wie du am Anfang warst und wie du wieder sein wirst in der Fülle aller Zeiten: In Mir aufgegangen und erlöst, glückselig, ewig heiter, in elysischer Natürlichkeit und Wohlgestimmtheit zärtlich aufgehoben.

## 5.14

Eine Szene wie im Bilderbuch will Ich gelass'nen Sinnens vor dich tragen, indem Ich deinem Geist sein wahren Wesens Nimbus und gottseliges Gewissen offenbare. Was sich dir zeigt ist eine Geistgestalt von seinslebendigem Bedeuten, die dein Leibliches in allen Funktionen und Verästelungen, Flüssen, Pulsen und Empfindungen aufs Trefflichste regiert. Was du dir wirklich Bist, kann niemand nimmer sehn, nur der Erkennende erlangt Gewissheit von den Dingen geistiger Natur, die sind und die in allen Lebenssparten ihre wunderbaren Blüten treiben.

Was dich unbedingt zum Staunen bringt, ist die erhabne Geistesoffenbarung, dass Ich, der Allmächtige, in dir das Zepter führt im Mass des wachen Lauschens auf Mein Wort das dir gelungen, wie in der Fähigkeit, es treulich auszuführen mitten in der Unbestimmtheit deiner Lebenslitanei'n. Was Ich dir Bin stellt alles in den Schatten, was du dir bisher warst und was dich zu Exzessen und Verfinsterungen, Unbotmässigkeiten, Grausamkeiten und Verlusten motivierte. Ich hingegen biete dir das wunderbar bedeutungsvolle Gegenteil von dem, was sich in dir mit Vehemenz verbreiten will: Das Bewusstsein von der Überlegenheit und Wohlgeformtheit, wie der resoluten Geistesstärke Meiner Provenienz in den unendlichen Belangen. Sie sind dein wahres Heil und deiner seligen Heimkunft Garantie, die dir das Leben sicher, heiter und gewinnend machen können. Siehst du das ein und lässest dich diskret und überzeugt vom Gottesgeiste führen, fällt dir alles leichthin in den Schoss, was du dir Bist und was dein Wesen heiligt und schlussendlich in die götterlichten Sphären des Elysiums erhebt.

## 5.15

Gelegenheit macht Diebe, wird gesagt, doch bei Mir soll sich das Naheliegende zu einem Auferstehungsfest ins Übersinnliche gestalten. Du machst dich schlank und schlüpfst hinein, um freudig daran teilzunehmen, denn das Natürliche und Unbeschwerte tut dir in der Seele wohl.

Dir wird nach Meinem Muster und Vermögen eine Integration zuteil, die greift ans Herz und lässt es seinsfrohlockend höher schlagen. Was bist du nun Mein Publikum, wenn Ich dich so beschaue? Ein Muster an Beweglichkeit und klugem Disponieren, Lässigkeit und Selbstgefühl, das sein Warum nicht kennt und handelt nicht in Meinem benedeiten Namen.

Da fasse Ich dich an und rede dir direkt ins Seinsgewissen, dass du aufhorchst und dir sagen lässest, was du Bist in Meiner fabelhaften Rezeptur und Disposition: Das Wesen Meiner göttlichen Ägide, in den Weltenraum gebracht und ziseliert und motiviert, verhätschelt und bevorzugt überall, wo es sich etablieren will in Eigenständigkeit und Synergie. Damit jedoch auch Herzensharmonie entsteht bist du gehalten, Liebe zum Gerechtsein auszuströmen und Verständnis zu erwecken für das Los der vielen, die dich mild und wild umgeben.

Ermanne dich, den Himmelssegen zu erbitten für dein Tun und mach dich nützlich nicht nur für dich selber, sondern für die Welt und damit für den Herrn, der sie in guten Treuen und vertrauensvoll erschuf. Darin erblüht das Ideal von Schönheit, Liebenswürdigkeit, Verständnis und Genie, die Ich der Menschheit traulich hingegeben. Mein Traum erfüllt sich und der Himmel ist dem offen, der Mich liebt mit allem was da ist und was Glückseligkeit ersehnt in seinen vielbewegten Runden.

## 5.16

Ein Meisterwerk von Meinen Gnaden bist du, Meines Herzens Angebinde, Liebling und Fanal. Deinetwegen lauf ich Sturm, um Meine Lage in dir zu verbessern und den Schiffbruch, den du dauernd produzierst, persönlich wieder aufzuheben. Wie schwierig ist es doch, ein Wesen ohne Einsicht vor der dräuenden Gefahr zu retten, in der es völlig innocent herumspaziert durch ganze Lebenszeiten. Und gerade das bist du, geliebter Mensch, von dem Ich soviel halte und auf den Ich soviel Hoffnung setze in der Evolution der Welten, die Ich Mir erschuf. Du zerstreust den Bund deiner Talente, indem du deinen Sinn an so viel Kinkerlitzchen und Banalitäten heftest, dass sie dich von dem, was du dir sein sollst, abziehn und damit Mein Meisterwerk entstellen und vermiesen. Bist du wirklich so naiv, dass du nicht einsiehst, wie viel überragende Gefälligkeiten und Gewinste dich mit Meinem Mythos feierlich verbinden. Du wüsstest es und reagierst beileibe nicht auf das, was Ich dir jederzeit entgegenhalte.

Meine Stimme in den Herzen der Betrübten und Behinderten ist Legion und ladet alle ein zu Mir zu kommen, der Ich ihrer Heilung Pforte bin und Bastion. Ich lass es Mir nicht nehmen, ganz persönlich vor ihr Seelensein zu treten und sie mit dem Segen Meiner Huld und Wärme zu beglücken. Komm und nimm auch du gebührend an, was Ich dir spende und werde, was Ich in dir Bin, im Aufwall der Geschichte wie in der Entschiedenheit und Selig-keit, die Ich um Mich verbreite, sanft und sicher, hell und morgenschön.

## 5.17

Frei sein in der Gottheit Schoss, ist die herzergreifende Parole die Ich dir heut' verkünde, Trost vergebend aus der generösen Mitte Meiner Selbst in dir. Über alles, was da ist, erhaben, finde Ich nichts Besseres zu tun als unermüdlich neue Werte, Situationen und Bedürfnisse zu schaffen, die Meinen Ruhm aufs Trefflichste vermehren und den deinen noch dazu. Was Ich immer will, ist glasklar und gerissen definiert und mag jeden, der da offnen Herzens und Gewissens urteilt, lückenlos von dessen Nützlichkeit und Pracht zu überzeugen. Grandios sind die Erkenntnisse, die Ich dabei vermittle und den neunmalklugen Weltenbürgern ins Gewissen schreibe. Würden sie nur alles, so wie Ich, im Wesensgrund begreifen, blühte, was da ist, in wunderbarer Einigkeit und Seinsbewusstheit zum erhabnen Schöpfer seiner selbst empor. Damit würden Harmonie und Frieden herrschen überall im überaus komplexen Weltgefüge. Derweil jedoch die Menschenseelen massenweise ihre eigensinnigen Wege gehn, entstehen Unvollkommenheiten noch und noch, die müssen unbedingt in einem Chaos enden. Nun aber Bin und bleibe Ich der Herr und weiss Mein Recht und Meine Weisheit aufs Gebührendste und Radikalste zu behaupten. Das bedeutet eine völlig ungleich aufgezogne Konfrontation, aus der Ich alleweil als konsequenter Sieger, Fürst und Triumphator emergiere. Nicht verdammen will Ich dich dabei, aber aufs Entschiedenste belehren in der Kunst der geistigen Vereinigung mit Mir. Bald wirst du die Einsicht pflegen, dass du Bist und bist in Mir ein einzigartiges Modul der Seinsgefälligkeit und Gottesliebe. Du laborierst in Meinem Sinn und Geist an deinen Werken und begreifst, was Ich mit dir im Gottesschilde führe.

Das ist dann die Erfüllung deiner menschen-
göttlichen Karriere, aus der du als befriedet und
beglückt einhergehst, mutvoll, lupenrein und
magistral.

5.18
Was hat das mit Mir zu schaffen, dass du lebst und
an dem grandiosen Tuche webst der Weltge-
meinschaft unter abervielen Spekulationen? Sieh,
Ich will es dir erklären. Dass du lebst, ist Meines
Götterwillens aperçu und Reglement über alle
Welten hin, die Ich mit so viel Wohlverstand und
Energie begründet habe. Darüber, ob das gut war
oder nicht, brauchst du dir keinen Vers zu machen,
denn was einmal ist, kann nur noch in das Künftige
verlängert werden. Dass du am Weltentuche webst,
beweist Mein Engagement in dir für den Erfolg und
die Vollendung aller Wesen im Allhier. Ein wahrer
Schöpfer trennt sich nicht von dem, was er
geschaffen, sonderlich, wenn es nur durch den
Einfluss seiner Sphären und Begünstigungen lebt
und sich bewegt. Damit ist auch gesagt, dass durch
deine Adern Schöpferblut und Schöpferweisheit
fliessen. Du lebst, weil Ich in dir dem Zauberstab
des Wollens Recht verschaffe und Mich so voll Eifer
und Gewinn für deine Wohlfahrt engagiere.
  Nichts kann ohne Mich bestehn und alle deine
Güter sind ein Zeichen Meiner Gegenwart in deinen
Reichen. Traust du Mir das zu, beginnst du innig auf
Mich zu vertrauen und damit dein Sein dem Meinen
anzugleichen. Redlich und beweglich sollst du in Mir
hausen und dabei das Glück verspüren Mensch zu
sein und gottbegnadetes Idol von Meinem Rang
und Namen, wie von Meiner Ehrbarkeit und Grazie
im Wunder der gottseligen Natur.

## 5.19

Weltoffen und -gewandt zu sein vermagst du nur im Mass des Adels, den Ich dir voll Herzlichkeit verleihe. Deine Pläne sind mit Meinen fest verbunden, um den Weltgedanken, die Ich hege, reinen Fluss und optimale Wirkung zu verleihen. Nur, dass du nicht ausscherst und sie wild durchkreuzest mit der Eigensinnigkeit, zu der die minderen Geister dich verführen. Lässest du dich auch nur im Geringsten Masse gehn, bewirken sie Verwirrung und Rechthaberei in deinen so subtil geführten Reichsgeschäften. Ahnst du, was Ich sagen will im radikalen Sermon, den Ich dir verpasse? Nichts weiter als die Mahnung an dein Sein, es soll sich aufrecht halten und ohne Zwang in Meinem, fabelhaften, stehn. Regenerieren will Ich was verdorben ist an dir und will dich auf den Ehrensockel heben, wo sich viele an dir ein beredtes Beispiel der Genügsamkeit und Seelen-augenfrische nehmen für ihr Weiterpromenieren.

Ich verstehe keinen Spass, wo es darum geht, dich aufzuklären über deine Pflichten, wie auch über die verehrenswerten Würdigungen, die aus deren peinlicher Erfüllung wunderbarerweis erstehn.

Es geht um dich und Mich bei allem, was du so betreibst und regelrecht betreiben sollst in Meinem hochgebenedeiten Namen. Nimmst du Meinen Duktus an, so ist dir bald geholfen in der gloriosen Lebensstrategie, die du betreibst in der Verherrlichung des Guten, das Ich will und das die Welt verändert, ihrer wonnevollen Seinsbestimmung zu.

# 6

# Verwendung der Ressourcen

## 6.1

Du, Mein Geliebter, sollst dich über nichts beklagen was dir so begegnet, denn alles kommt von Mir und trägt in sich die Absicht, dich zu reifen in der Tage Lust und losgetretnem Weh. Willst du wachsen, wachse an dir selber, wie an deinem Schicksal, stets zu Mir empor, der Ich dein Vorbild wie dein Nachbild Bin in tausendfach verschlungnen Meisterzügen. Nur auf diese Weise kann die Evolution effizient, wahrhaftig, folgerichtig und solvent vonstatten gehen. Jede Hürde, die du spielend nimmst, ist von Mir ausgemessen und bewährt sich gradewegs an deinen virtuosen Eigenschaften im rasanten Parcours, den Ich meine. Bildeten am Anfang der Geschichte noch recht viele den famosen Pulk, den Ich wie nichts vertrete, so sind es jetzt nur wenige, die unbeirrt und voll Elan zum sagenhaften Ziele streben. Willst du einer von den Ihren sein, so fleh bei Mir um Gnade der Erleuchtung über die Verwendung der Ressourcen, die dir ungehindert zur Verfügung stehn. Die Aberwerke können nur durch die Vereinigung der besten Kräfte, die da sind, zur höchsten Blüte kommen. Du bist ebenso, wie Ich, ein Manifest des Urinstinkts, der sich mit ungeheurer Wucht und Zielbewusstheit, Grazie und Bodenständigkeit das All erschafft, sich selber zum Genügen. So ist es nun und kann sich in den besten Kreisen sehen lassen, die da sind: Die götterlichten Throne und zutiefst verschwiegenen Gestalter dessen, was da ist im Unermesslichen und was männiglich begeistert und erhebt, befruchtet und dem Sein verpflichtet in den wohlgefälligen und fabelhaften Himmelschören.

## 6.2

Nimm an, was Ich dir aus dem fabelhaften Umschwung Meiner Selbst voll Zartheit und Geduld vergebe. Nie soll es heissen, Ich sei knauserig und knorrig gegenüber Meinen Schutzbefohlenen gewesen. Von deiner Haltung aber hängt es ab, mit welcher Überschwänglichkeit und Offenheit Ich dich bedienen mag mit Meinen gottgesegneten und vielgepriesnen Wundergaben. Ich nehme an du nimmst sie an und hast sogleich den Tag und die Gelegenheit für dich gewonnen, gläubig, dankbar und entzückt zu sein vom Sein und Leben das du führst.

Nicht umsonst soll Ich dir zugesichert haben, dass Ich alle Tage bei dir Bin, die Nächte zugezählt in Meiner Generosität und Herzensgüte und mit liebevollem Mich-an-alle-Welt-Vergeben. So einfach wäre deine Situation zu meistern, wenn du nur mit unerschütterlicher Überzeugung Mir entgegenschreiten würdest, der Ich alles Bin und der auch dich ist in der Aufeinanderfolge logischen Bedenkens. Dir fällt es schwer, an die verbürgte Wirklichkeit und Wirksamkeit des Geistigen zu glauben und dich im Milieu der Seinsbewusstheit und - zurecht zu finden. Gerade das ist aber das Entscheidende für deine Menschen-zukunft, die in die Erkenntnis reiner Gotteswürde und Erhabenheit, sowie holdselige Bewusstheit von dir selber münden soll. Das ist dann die Seinserfüllung, die Ich dir wie Mir in aller Welt, das heisst im Weltall, wohlbedacht und seelenvoll bereitet habe. In Meinem Reich und Reichtum stimmt, was Genialität und Unbeschwertheit, Selbstbewusstheit und Elan geschaffen haben. Vom Hauch der Seligkeit berührt, erleben die Verklärten Meiner Huld und Güte ihren ewigen Freudentag, in der Gediegenheit und Sanftmut Meiner göttlichen Gebärde. Sie schauen, was Ich

Bin und schauen Mich in ihnen an mit einer Selbstverständlichkeit, Intensität und Seelen- augenfrische, die Bände spricht und die auch dich beseelen soll im Wunder des Unendlichen, das dir bereitet ist für immer im gottseligen Allhier.

### 6.3

Wachen Geistes treibt Mein Wille Mich voran, der Lösung aller Rätselhaftigkeit entgegen. Da kann Ich Mir nur selbst ein pures Rätsel sein, von noch so scharfem Überlegen nicht erlöst und dennoch lösbar durch Erkenntnis dessen, was Ich Bin als Meine einzige Quelle und Mein unerschöpfliches Vermögen. Es ist Mir nicht verwehrt, die schöpferischen Qualitäten, die Ich intus habe, anzuwenden auf Verwirklichungen Meiner auser- lesnen Ideale. Formgestaltend, modulierend, ziselierend und belebend walten Meine Schöpfer- kraftgedanken, Weiten schaffend und Distanzen, Zeiten und Verfügungen von ausser-ordentlicher Dichte und Bravour. Was immer Ich vor Meinen seinsbrillanten Geistesaugen seh, ersteht und fasst sich in den Zauber von Myriaden wohlgeordneten Atomen, die sich noch so gern nach Meinem lindgesprochenen Befehl an ihren Heimatort begeben.

Aus minikrimen Teilchen werden seinsgeschickte Ballungen und riesenhafte Operationen, deren Wert und Wirkung Meine Augen mit hochgradigem Entzücken sehn. Mein Sinnspruch schafft bemer- kenswerte Ordnung, Elementenkraft und seelen- volle Harmonie.

## 6.4

Den reinen Spiegel Meiner Seele will Ich mit dem Hauch der Liebenswürdigkeit und Treue zum Allmächtigen der Welt versehn. Schau in die Welt vom Himmel her und konstatiere eine namenlose Fülle seinslebendiger Schönheit in der traulichen Natur. Die fliessenden Gewässer nähren ihres Saums Bewuchs mit vielbegehrter Nässe und verzieren die beliebte Landschaft aufs Bekömmlichste mit silberglänzenen Ranküren.

Nun bist du daran, Mir zu erzählen, wie entzückend sich das Erdenrund mit Grünzeug aller Art drapiert, mit niedlichen Gehöften, Weglein die zu ihnen führen und Bewegtem, das auf Wesen schliessen lässt, die sich ständig aus sich selbst bewegen. Es sind Seelein zu verzeichnen, Dörfchen, schlanke Türme und viel Klotziges, wo eben Ökonomiker am Werke waren. Mit Leichtigkeit und Lust gelingt es dir, weiträumige Täler und markante Höhenzüge stilgerecht zu übergleiten, um dahinter Neuem, Wundervollen zu begegnen. So kommt es, dass in dir ein Abbild einer Wirklichkeit entsteht, die doch, von aussen angesehn, dem wahren Sein entglitten ist ins Reich der spiegelblanken Illusionen.

Nur Ich Bin wahr, ist hier zu sagen und Ich gaukle dir nichts vor, wenn Ich dir Mein geistiges Potential wie auf dem Teller präsentiere. Das soll dich bis ins Innerste frappieren und dir eine neue Sicht auf das, was ist und was du Bist gewähren, nämlich eine Geistgeburt von höchstem Rang und Namen. Du bist Mir zu eigen offenbar und eine Blüte Meiner universenschaffenden Ideen. Glückselig sei, soweit zu kommen, dass du dich erkennst als Mich im wahren Sinn des Wortes und als ein Geschenk der Grazie des Himmels, der dich schützt und dessen lichte Bläue deinen Blick voll Sanftmut ins

Unendliche transzendiert, wo du im Ewigen geborgen bist und in dir selber bestens aufgehoben.

## 6.5

Graziös Bin Ich, ist alleweil von Mir zu sagen, wenn es darum geht, Mir etwas zuzuteilen, was zu fassen ist in deiner recht naiven Art, den Lebensdingen auf den Grund zu gehn. Da scheint es mir viel besser zu betonen, dass Ich genauso Bin wie du in deinem Glanze Bist und deinem Elend, deiner menschlichen Manierlichkeit, wie der strategischen Erfolgsgeschichte, die du mit barer Münze vor dich hinzählst, seinsverloren. An dir ist es, Mich wunderbar adrett zu finden, geistgeboren, herzensgut und hilfreich, wo es darum geht, dich aufzurichten und dir alles Leben schmackhaft, delikat und wohlbekömmlich zu gestalten. Was für dich stimmt, muss demnach auch für Meinen Gusto stimmen, glaubst du in deinem wilden Wähnen. Aber soweit sind die Dinge keineswegs gediehen.

Zu allererst Bin Ich genau der, der Ich Bin im alles überragenden Geheimnis Meiner Geistesgrösse. Erst an zweiter oder x-ter Stelle bist du angesiedelt mit der Meinung, die du von dir hast und deiner Glorie am grandiosen Werk, das du für alle Welt getan. Ich Bin in dir, bevor du in Mir sein und sinnen konntest. Das ist der klare Unterschied, den du beachten solltest in der Seinsphilosophie von Deinem Stil und Wohlverhalten. Hast du den Status der allherrlichen Erkenntnis deiner selbst erreicht, darfst du für allezeit zufrieden sein mit dir und Mir in der blauäugigen Synthese, die wir miteinander pflegen.

Schon einem Gott zu gleichen, ist recht viel und gar ein Gott zu sein ist noch viel überragender zu werten. Den Titel eines Göttervaters aber musst du

Mir in ehrlicher Bescheidenheit und Minne überlassen, damit Ich in dir sein kann, was du nicht Bist und was die grosse Wende bringt in deinem Sein und Streben.

Es werde Licht in dir, kann Ich dann sagen, die Seinsglückseligkeit erfasse dein Gemüt, sprech Ich mit leiser Stimme in dein Haupt, dein Wesen sei, von Mir geadelt und gekrönt, ins Reich der ewigen Heiterkeit und der Gottseligkeit getragen.

## 6.6

Eine Herzensgabe will Ich senden dorthin, wo Ich offne Türen finde und den Glanz der Sehnsucht nach dem Ewigen in den zu Mir erhobnen Augen. Auch du sollst in der Folgerichtigkeit der Seinsgeschichte soviel Gutes und Gesegnetes von Mir erfahren, dass dein Dasein sich zu einem Fest der Freude und der Sanftmut stilisiert von des Himmels silberhellen Gnaden. Du brauchst nur einzusehen, dass es immer darum geht, keinen Widerstand zu leisten gegen das Geschehn der langgedehnten Lebenstage. Jeder einzelne von ihnen birgt in sich das Brauchtum Meiner Weisheit, die dich voll Seele und Gewissenhaftigkeit in Meine Zelte führen will, wo du den wahren Wert des Seins erfährst, zu hundertfältigem Genügen.

Nicht du sollst aus brisanter Absicht und voll Gier nach dem Erfolg agieren, wo du doch wissen musst, dass sich gerade durch dein Gegenwärtigsein die Fülle Meiner wohlbedachten Geisteshintergründe offenbaren will. Diese Einsicht hilft dir weiter als die rigorose Lust zu freiem Über-dich-Verfügen. Nur Gotteswohl ist unbeschränkt auch Menschenwohl und dazu sind schlussendlich alle herzlich von Mir eingeladen.

Es gilt für dich, am Schicksal zu erwachen, das dich auf so vielgewundne Wege und Gestaltungen, zu Dissonanzen und beseligenden Harmonien führt. Es ist die Kunst des rechten Akzeptierens, die bewirkt, dass deine Ansicht von dir selber und der Welt beständig lichter, leichter, liebenswerter und beständiger wird in deinen anspruchsvollen Lebenstagen. Indem du Mich erwählt hast, hast du dich verbindlich und geziemend auf die Seite wahren Heils geschlagen. Sag beständig „Du in mir" und halte dich daran und schon bist du wie über einem Abgrund weit hinauf gerettet vor der lauernden Gefahr des Eigendünkels in der Vielfalt deiner Kapriolen.

Die Gesetze Meiner Huld sind gütestrahlende Geschenke an dein Herz und deine Herzlichkeit dem wahren Leben gegenüber, das Ich Bin und dessen Saum du einmal nur berühren musst, um schon für immer innige Sehnsucht danach zu verspüren. Mein Sein ist deines und Mein Wille soll der deine sein in einer Symbiose ohnegleichen, die Glückseligkeit gebiert und selig lächelnde Gesichter, die sich ganz an Mich und Meine Unergründlichkeit verloren haben.


6.7
Trachtest du nach Seligkeit und Frieden, kann Ich dich aufs Schicklichste bedienen in der Morgenröte neuer Zeiten, die vor deinem Welterleben stehn. Es zeigen sich dir ausserordentlich beglückende Momente, in denen dein Bewusstsein sich verklärt zu einer Welt- und Lebensschau von überwältigender Schöne. Alles was du mit dem wach gewordnen Geistesblick berührst, ist so vollkommen, wie nur etwas sein kann, das exakt dem Gotteswillen und -befehl entspricht in seinem Sich-

Begründen. Diese Schau auf das, was wirklich ist, entlarvt dir ein für alle Mal die grobe Täuschung, in der du dich normalerweis befindest und versetzt dich in den Taumel reinen Glücks am neuen Dasein, dessen Zeuge du dir bist.

Einen Blick ins reine Geisterreich hast du getan, in welchem Meine gottbegnadeten Ideen ohne jede Hemmnis frei heraus zum Zuge kommen und noch nicht von trägen, trüben, selbstgefälligen und ränkesüchtigen vertrieben worden sind. Das Makellose dominiert und eröffnet sich der Menschenseele als ein Wohllaut aus dem Reich der Unvergänglichkeit, der sprossenden Natürlichkeit und Urkraft Meiner Provenienz, sowie der liebevollen Pflege der Geselligkeit im Kreise der von Mir Verklärten.

6.8
Hast du dich von dir gelöst, kann Ich mit der frohen Botschaft zu dir kommen, dass du Bist das ewig lautere Gefäss der Seelensehnsucht, in das Ich Meine Liebe, Weisheit, Heiterkeit und Seinsbewusstheit ströme. Das hört sich recht vergnüglich und erbaulich an, wirst du vertraulich zu Mir sagen; doch hast du einen langen Weg noch zu beschreiten, bis du Mir zutraust, alles Treffliche für dich zu tun im Überweltlichen, von dem Ich rede.

In diesem Sinnkreis ist es wesentlich und klug Position für alle Fälle zu beziehen. Je näher du Mir dabei stehst, umso inniger vermag Ich dich in mancher Hinsicht eines Besseren zu belehren. Das aber sind die Hintergründe für dein ganzes Leben, Sein und Trachten, die Ich dir in bester Absicht und Gepflogenheit gewähre.

Dir sind die Hände noch in vielem, was du tun willst, wirkungsvoll gebunden; doch die Meinen hält nichts auf, wenn Ich mit strahlender Begeisterung mit dem zu Werke gehe, was Ich immer will in grandiosen Dispositionen, sternenübergreifenden Traktaten, wie im unfassbaren Kräftewirken in des Universums Werdeschoss. Du Bist mit alledem was ist durch Mich zutiefst verbunden, sag Ich dir, der Ich in allem als das Sein- und Weltverbindende agiere. Deswegen sei vor kosmischem wie kitzeklein Gestaltetem nicht bang, denn es ist im Handlungsdrall von Meiner Kompetenz und Kreativität, Entschlossenheit und Tatkraft bestens aufgehoben.

Wort zum Tag von seinsberufner Seite, liebevoller Hinweis auf das Grandiose, das du Bist im wunderbar gestaffelten, geraffelten und vielgeliebten Seinsgefüge.

6.9
Nichts in Meiner Hemisphäre ist als Nonvaleur und Ausschuss zu betrachten, denn alles wird schlussends von Mir geadelt und zum verehrungswürdigen Produkt der universenweiten Gottheit stilisiert. Kaum zu fassen ist es, welche Sorgfalt Ich darauf verwende, angeschlagene Gemüter aufzuheitern und in ihrem Reich die genuine gottgewollte Ordnung wieder herzustellen.

Bist du einer von den Schwerenötern und Versagern, denen nichts gelingen will, was andere schon längst erprobt und ihren Schätzen der Erfahrung zugeschlagen haben? Dann ermanne dich, beherzten Schritts vor Mich zu treten, um von Mir Ermunterung, Glaubwürdigkeit und Genialität in Fülle zu erbitten. Und siehe, wie Ich dir darauf zur wunderbar gesitteten Erbauung und zum Heil gereiche in den Sparten, wo du Faibles und verwunschene Defekte offenbarst. Es darf nicht sein, dass auch nur einer von den Meinen Not und

137

Trübsal leidet, ohne dass ihm allsogleich von Mir geholfen wird, sowie er nur den kleinen Finger rührt, um Mich auf seine Malaise aufmerksam zu machen.

Gekrönte Häupter sind besondrer Weis' gefährdet, ihre Fassung zu verlieren und bei Schwierigkeiten wild um sich zu schlagen. Unbesonnenheit wird ihnen jäh und unvermittelt zum Verhängnis, wenn sie nicht die Gnade finden, sich in ihrer Not an Mich zu wenden, schonungslos. Sprichwörtlich ist Mein Angebot an radikalen Kuren, denen nichts an Wirksamkeit und Raffinesse, polyglotter Virtuosität und Heilkraft gleichkommt, universenweit gesehn. Ich überzeuge jedermann, dass das von Mir Gezeugte, jeder Sorge bar, im golddurchwirkten Sein verweilen kann. Er muss nur wünschen, dass Ich ihn allem Illusorischen enthebe, das ihm die Sicht, auf was er wirklich ist, verriegelt und versperrt in seinem eigendünklerischen Aufbegehren. Vice versa trage Ich ihm seinssolvente Herzensgüte an und führe ihn galant und liebevoll in Meinen Tempel wahren Friedens, namenloser Gottesglorie und unendlichen Relieves.

6.10

Ich will dir nun den Allbeweis erbringen, indem Ich dein Bewusstsein zur Erkenntnis führe, dass in Meinen Höhen weder Zeit noch Räume existieren. Im reinen Sein, das Ich Mir Bin, ist mit dem besten Willen nichts Geschaffenes und damit auch Hinfälliges zu registrieren. Der reine Wille, wie das geniale Denken und die makellose Liebesenergie sind die hehren Attribute, die vor Mir in strahlende Erscheinung treten. Darin Bin Ich, was Ich Bin, in unbedingter Zeitenlosigkeit und sagenhafter Qualität, noch ohne die geringste Räumlichkeit in Mir zu konstatieren. Absolute Geistigkeit ist Mir beschieden, ebenso wie die Potenz, zu schaffen was da ist und damit Meine Existenz ins Unerschütterliche zu verfluten.

Das ist es, was Ich ohne jeden Vorbehalt und ohne jede Tücke in Mir fühle und was Mir als überragender Bestand inständig zur Verfügung steht in allen Meinen Äusserungen und den manifest gewordenen Befehlen. Unantastbar Bin Ich Mir das reine Ideal, das sich im Zustand alles überragender Glückseligkeit befindet, seinswahrhaftig und aufs Äusserste gediegen.

Es ist nie zu spät für dich dies gründlich einzusehn und zudem in dir selber zu erfahren, dass du Bist, in Lauterkeit und Liebe, namenloser Heiterkeit und absoluter Lichtheit, von dir selbst gespiesen. Dass du Bist, musst du dir nicht beweisen, zu wissen dass sie Mich sind, ist den Gottbegnadeten und Seinsverklärten vorbehalten. Nun gehe hin und trachte nach Vollendung und Entschiedenheit in Meinem götterlichten Sinne, wozu Ich dir aus Meiner Innigkeit die Gnade schenke für dein seinsgeschwisterliches Tun. Ein Malachit der Hoffnung bist du Mir auf wundertätiges Gelingen, wie auf das Erringen dessen, was du immer warst in Meinem Dich-in-Mir-Behüten-und-aufs-alleredelste-Umfahn.


6.11
A E I O U, als Gottesname vor dich hin gesprochen, sei dir das Idol für alles was du Bist und was du je zu tun gedenkst in deinen sagenhaften Runden. Du sollst Mir die Gelegenheit gewähren, deines Lebens Würze, Epos, Tunlichkeit und Kreativität zu sein in massgeschneideter Allüre. Damit kommst du auf den Punkt von deines Seiens Sinn und Poesie, Sagenhaftigkeit und wunderbar harmonischer

Gebärde. Du trittst in die Entscheidende von vielen Inkarnationen, die dir das Wesen deiner selbst in Meinem hochgebenedeiten Sinne offenbart und darfst dich unter freudevollen Herzenssängen abgeklärt und seinsvollendet wähnen.

Nimmer kommst du ganz an Mich heran, damit du dich bis ins Unendliche bewegst, um Meines Wesens Flüchtigkeit und siebenselig machendes Arom in etwa zu erhaschen. Das ist dann schon des Guten fast zuviel und soll dir a priori aufs Entschiedenste genügen. Du badest dich im Gotteswohl und teilst damit dein Schicksal mit dem Meinen: grandios, elysisch und probat zu sein und dennoch nie am Ende Meiner universenweiten Spuren.

Mein allerletztes Seinsgeheimnis ist von einem feinen Schleier überzogen, damit es nie erkundet und am Ende gar profanisiert und angeritzt, bezweifelt und erniedrigt werden kann. Denn das Allerheiligste ist immer in Gefahr, vom Unverstand entwürdigt und entehrt zu werden. Das aber wird in Meinem Fall selbst den allmächtig Scheinenden niemals gelingen. Das Sakrosankte, das Ich Bin, ist in der Tat in seiner Eigenart geschützt auf ewig und kann sich auf sich selber unbedingt verlassen.

Werde so und sei. Frage nicht nach mehr und fühle dich im Sein, das Ich dir Bin, aufs Immanenteste geborgen. Du Bist Es und bist es wieder nicht in der fluktuierenden Geselligkeit mit allem was da ist im Universengeiste der Natur. Ich will nun: Sei die Ruh und halte deinem liebevollen Lächeln unverwandt zugute, dass du sie geniessest und damit dein Sein in die unendliche Holdseligkeit verwehst.

## 6.12

Meide was du meiden sollst und komme Mir gutwillig, herzensfroh und graziös entgegen aus der Einsicht, dass sich das redliche Zusammenspiel mit einem Gott noch immer lohnt im prächtigen Hienieden. Du veräusserst deinen Eigenwillen und erfährst in reicher Fülle, was es heisst, von höheren Gewalten ausersehen und erfüllt zu werden. Unbestrittne Qualität kann nur von Mir und Meinem Geistreich kommen, denn die Klarheit Meines genialen Denkens übertrifft, was du dir leisten magst, um ein Erkleckliches und kann nie hoch genug geschätzt und eingestuft, mit Lob bedacht und ausgezeichnet werden. Daraus resultiert die höchste Hilfe in der blanken Not, sowie die liebenswürdigste Behandlung deiner Pläne zeitenlos, wo mindere Bewerber schon nach kurzem Einsatz kläglich und bedauerlich versagen. Ich halte Meine, wie auch deine, farbenfrohe Fahne hoch im Kampfe bis zum gloriosen Sieg und niemals fällt's Mir ein, sie mit der weissen zu vertauschen. Das ist nun einmal Meine Art, die Lebensdinge keck voranzuführen, bis sie ihr Soll und ihren höchsten Glanz erreicht und ausgekostet haben. Bei Mir ist nichts umsonst und alles fügt sich fugenlos und graziös zu einem Ganzen von unübertroffener Natürlichkeit und Grazie des Allerhöchsten, das Ich Bin und das sich ohne weiteres in den enormen Nimbus der gottseligen Allgegenwart und Geisteswürde einhüllt im unendlich makellosen Lichtverstrahlen.


## 6.13

Jede Tat soll in der Wahrheit Meiner Gegenwart in dir geschehn, damit sie makellos und eines Gottes würdig sei in ihrem Weltbedeuten. Du verträgst dich mit Mir dann am Besten, wenn du deine Absicht Meiner bis aufs Tüpfchen angleichst in einer wohlbedachten Strategie. Blossen Fusses musst du über Scherben, Feuer, Unrat und Verwüstung schreiten, um schlussendlich doch zu Mir zu kommen auf den silberhellen Höhn der Himmelsgeistigkeit und Heiterkeit im Sinnkreis Meines Dich-Erwartens.

In Meiner Stille und Gestilltheit darf sich deines Wesens Geistnatur beseligt und behütet in der wahren Heimat der Gerechten und Erlösten fühlen. Meiner Herzensgaben Fülle wird auch dir zuteil und dein lichtes Wesen darf sich in den Wundern Meiner gütevollen Gegenwart und Gottesminne selig wiegen.

6.14

Kannst du auf Mich zählen, so verlang Ich haargenau dasselbe auch von dir in deinen hunderttausend Perspektiven auf das Gottesreich in deinem Sehnen. Die Bedingungen für deinen Seelenfrieden liegen schon seit langem vor dir offen, du brauchst sie nur vertrauensvoll und treulich einzuhalten, um für alle Zeit saniert und animiert zu sein zu überwältigenden Gottestaten. Ich spanne viele guten Geister für dich ein, du bannst dafür die schlechten, die massenweis in deinem Umkreis leben. Mache reinen Tisch, ruf Ich dir innig zu und ergib dich Meinen Räten in des Lebens anspruchsvoller Prozedur.

Wer singt auf einem schwankenden Ästchen froh und unbesorgt sein Morgenlied? Ein pfiffiges Rotkehlchen, liebenswürdig und charmant in seinem vollnatürlichen Gehaben. Wieso muss sich so manches Menschenkind geziert und ängstlich, maliziös und überrissen geben? Weil es sich übermässig in sich selber fühlt in seinem Orgueil auf der Mammonspur. Wie lieblich sind dagegen Meine Wohnungen für jene, die ihr Sein und Trachten vollends nach Mir ausgerichtet haben. Ihr Bewusstsein ist voll Verve, Freimütigkeit und sicherem Gespür in Meinen Liebeshimmel eingezogen. Unendliches ist ihm geschehn und alles an ihm strahlt Beglückung, Wohlgeborgenheit und Seinsgewissheit wider.

## 6.15

Was Mir gewiss ist, sei auch dir ein Gegenstand der unerschütterlichen Überzeugung in des Seins Bewusstheit, Tatendrang und Stil. Nicht klüger aber weiser werden sei die gängige Parole, die dich aufrecht in die Zukunft schreiten lässt vor Menschen- wie vor Götteraugen. Tief in Träumen locken dich die sonnbeglänzten Höhn, die dir den Aufbruch zur Erhabenheit empfehlen, bezaubernd, ruhig, licht und schön. Was immer du erreichst, muss hart errungen sein und was du leistest, gibt dir Heiterkeit und Halt im Leben. Soviel du dir erlaubst, muss alleweil bezahlt und abgerechnet werden, vorher oder nachher, früher oder später mit purer Münze aus des Lebens Füllhorn und Moral.

So gewinnend wie Ich immer war, waren auch bei Mir erhebliche Verluste einzustreichen, die dem Unverstande anzulasten waren. Halbherziges muss ausgemerzt und durch die Fülle dessen, was Ich sende, nachgebessert werden. Erst nach vielem Her und Hin bewegst du dich auf dem Niveau, das Ich von dir erwarte und kannst in die erlauchten Geistesräume Meiner Art zu Sein und Sinnen, eingeführt und eingemittet werden. Deinem Weltsinn angemessen, schreitest du nun zügig und gekonnt voran und weitest deinen Wohlverstand dem Meinen unentwegt entgegen. Aus deinem tüchtigen Bestehn entsteht Beglückung und aus der eifrigen Belehrung Sinngehalt von gotteswürdiger Manier. Dein Sein erglänzt in wahrer Grösse und nimmt teil am Reich des Ewigen, von Mir begründet und genährt, erfüllt und dargestellt in aberseligem Verlangen.

## 6.16

Was schwebt im Raum, wenn nicht die Fülle alles Guten, das Ich deiner Welt in Liebe und Gewissenhaftigkeit vergab. Du brauchst die Dinge der Allherrlichkeit nur intensiv für wahr zu halten, bis sie ihre Rätselhaftigkeit verlieren und voll Grazie und Wohlgesinntheit seinslebendig vor dir stehn. Meiner Kräfte Bund bewegt sich hemmungs- und bedenkenlos ins unberührt Unendliche hinein, um neuen Wirklichkeiten Form und Farbe, Leben und Empfindung zu verleihen. Geisterfüllte Reservate ragen in die neu geschaffnen Räume und beginnen ihren Eigenwert und ihre gottbegnadete Rendite zu entfalten. So Bin Ich Zeuge Meiner eignen götterlichten Dispositionen, die mit grosser Inbrunst und Erhabenheit an ihrer eigenen Vollendung überzeugt und frohgemut zu Werke gehn.

Ich bin nicht prüde, wenn es darum geht, Entartetes gedankenkräftig zu verwerfen, um dem Wohlgesitteten und Koscheren, Bekömmlichen und Majestätischen den Vorrang und damit die erste Stelle einzuräumen. Was Ich einmal dargelegt und als verbindlich hochgezogen habe, gilt für Ewigkeiten und verteidigt sein enormes Recht darauf zu sein mit Haut und Haaren, zäh und zirkular in den Allweiten, die es sich zum gloriosen Aufenthalt erwählt.

Was Ich Mir immer Bin, besitzt die Fähigkeit, voll Verve und somnambuler Sicherheit aus sich herauszutreten, um neuen Machbarkeiten, Schwüngen, Präzisierungen und Liebenswürdigkeiten Raum und Relevanz zu geben. Was Ich einmal synergetisch und gewandt als Meinesgleichen unter sich verbunden habe, bleibt für alle Zeiten im Kontakt, den sich das Göttliche gewährt im seinsverzärtelten Sich-aneinander-Schmiegen. Bewusstes Lieben der Gegebenheiten ist nach Meiner Ansicht ganz besonders schön und darf sich rühmen, vollumfänglich nach dem Willen Meines Seins und Sinnens, strahlenden Beginnens und Verewigt-Seins zu handeln und voll Würde zu bestehn. Das lässt Mich wahrhaft gross erscheinen, wie auch dich als Anhang Meiner Gründlichkeit im Wirken wie als Laborant im Zuge wunderbar geriffelter Experimente, die männiglich zutiefst zu Herzen gehn.

6.17

Was zeigt sich dir, wenn du statt aussen innen forschest im lebendigen Geäder deiner selbst, von Lebenskraft und Seelenseligkeit durchzogen? "Innen" heisst das wirkende Agens, das dein ganzes Wesen ausmacht und von dem du spürst, wie sehr es ist und deinem Namen Ehre oder Schande macht im Lauf der folgenschweren Lebenssituationen. Was aber wirklich zählt ist die Erkenntnis, dass das Tonangebende in dir Ich Bin, an dessen glorioser Tunlichkeit die ganzen Weltenfäden hangen. Mir allein ist es gegeben, aus dem Urgrund Meiner selbst Ideen zu entwickeln und ihnen Raum und Rüstigkeit, Kapazität und genialen Duktus zu verleihen. Premiere feiern kann ein jeglicher Gedanke nur bei Mir, die deinen sind schon nicht mehr genuin und haben die Tendenz, recht zügig zu verblassen und ins Null und Nichtige zu verwehn.

So bist und bleibst du vollends auf Mich angewiesen, der mit unveränderlicher Schärfe formuliert, was sein soll und was dann auch Bestand hat in der Aufeinanderfolge der Gezeiten. Gottes Wirksamkeit wird an den Äonenläuften offenbar, die ihren unbeugsamen Willen ohne jeden Abstrich zur Vollendung führen.

Kratzest du, ist nur das Oberflächliche davon betroffen, hingegen Mir ist es gegeben, mit einem Handschlag Krater und im selben Zuge schroffsten Aufwall zu gebären. Was Ich im mächtigen Allwesen der Natur verrichte, überlass Ich dir im Minikrimen, dessen Fortschritt oder Faible wesentlich von dir bestimmt wird im Verbund der Legionen.

Demzufolge rate Ich dir, niemals mikrig beizugeben in der Erfüllung Meines götterlichten Auftrags an dein weltenbürgerlich Gewordenes. Hast du Geschmack, so wirst du das Vortreffliche Gestalten ohne weiteres verstehn und Mich dabei gewähren lassen in der Stunde der Erleuchtung. Durchdringst du dich mit dem was Ich dir Bin, kannst du getrost dein Sein geniessen, und wandelst du auf Meinen Pfaden kann deiner Füsschen Tritt und Trapp mitnichten in die Irre gehn.


6.18
Trägheit ist nicht Meine Sache, demzufolge soll es auch nicht deine sein im virtuos gefächerten und motivierten Weltgestalten. Zug um Zug gewinnst du mehr an Bodenständigkeit und Seinsgedankenfrische, die Ich dir vertrauensvoll verleihe, um dein Bewusstsein in die Sphären der Allherrlichkeit zu heben. Bist du Mir ganz verfallen, falle Ich dich mit

den grandiosen Plänen an, die dem Menschensein zu unerhörtem Glanz und Glamour, Mehrwert und Raffinement verhelfen sollen. Das kann nur durch Mein Innesein in aller Menschenwesen kräftestrotzender Struktur geschehn, indem Ich ihren Wert und ihre Zügigkeit mobil erhalte über Weltepochen hin. Es gilt, ob Meinem transzendierenden Begründen niemals zu verzagen oder lahmen in der Seinsgeschichte, deren Klang und Würde Ich dir traditionsgemäss und treulich auferlege.

Der Dialog, den Ich mit dir in allem Ernste führe, soll dir Ursach sein, dich vehement dem ewig Guten zuzuwenden, das Ich in dir und deinesgleichen Bin voll Nonchalance, Geduld und wirkungsvollem Willen durch die Wirbel deiner Lebenstage. Ernenne Mich getrost zum Vater deiner Höhenflüge in Sachen Tunlichkeit, Beharrlichkeit und Seinsvertrauen.

Es mutet Mich recht seltsam an, dass du trotz allen deinen fulminanten Geistesgaben noch unfähig bist, den wahren, wachen Geist zu finden, der Ich Bin und der du Bist im alldurchdringenden, Unendlichkeit versingenden Sein, von dem sich die Urväter schon begeistern und befruchten liessen.

Bist du so, so sorgst du dich nicht mehr um deine täglich aufgewärmten Brötchen, denn das Frischgebackene, das Ich dir reiche, reich Ich dir galant und gütig aus dem Ewigen in deine Bruderschaft von Seelenhungrigen hinüber, um dich ein für allemal zu stärken auf dem Gang in Meine Tiefen, Meine zauberhaften Höhn.

Wort des Friedens, Wort des Auferstehns in Meine seelenvollen Gründe der Allherrlichkeit und Liebe zu den Meinen, denen Ich das Licht der Wahrheit und Glückseligkeit, der Himmelszärtlichkeit und Reinheit des Gewissens auf den Scheffel stelle.

**6.19**

Kann ein Geistiges denn soviel Macht und Wille, Einfluss und Bedeutung haben wie das Eine, das Ich Bin, sollst du dich in allem Ernste fragen? Ich verteile Lebensraum und Güte, ohne dass du dessen inne wirst in deinem maliziösen Rasen, guter Freund und gute Freundin im Gewirr der fulminanten Lebensituationen. Natürlich ist es nun an dir, aus dem was dir als Schicksalsberg recht übermächtig gegenübersteht, das Allerbeste und Vernünftigste herauszuschlagen. Nichts ist an deiner Lebenslage so fixiert, als dass es nicht verändert werden könnte, feingeflochten oder radikal. Die Titanenkraft der Vorstellung, geduldig an dein Ziel gesetzt, wird dir gekonnt und konsequenterweis zum Sieg verhelfen.

Das Gedankenfeld-Gewoge ist der Ursprung aller fulminanten Taten, die allesamt auf dein bedeutungsvolles Konto gehn. Nur dass die einzelgängerischen Dinge deiner Provenienz sich mit den Meinen ungeniert vermischen, ist von den seinsverständigen Gemütern frei heraus zu konstatieren. Das macht das Leben an sich grandios und unbedingt vom Menschlichen und Göttlichen durchzogen. Willst du dabei was Ich erwarte, wird gar mancher Haken von Mir grad gebogen, der sonst Unheil stiften würde in der Lebenstage Mannigfaltigkeit und Alchemie.

Du brauchst nicht immer rot zu sehn, wo andere im Trüben fischen. Sei nur darauf bedacht, dein eigen Wässerlein glasklar und lupenrein zu halten, um in Meinem Sinn zu reüssieren und den Vogel abzuschiessen in der Konsequenz von Meinem Sinngehalt und Meinen überwältigenden Gnaden.

## 6.20

Zweifelsohne ist von Mir so viel zu sagen, dass die turbulenten Texte Tausende von Kammern füllen und das Heer der Schreiber nimmer müde wird, gesprenkelte wie glatte neue zu den schon fahl Gewordenen hinzuzufügen. Die Fahrt ins Grandiose lässt sich sehr anspruchsvoll und diffizil mit Myriaden Variationen an. Hier kommt es gut, dort kläglich, doch die Übermacht gewinnt das ausserordentlich geschmackvoll Arrangierte, dessen Ich Mich denn auch tüchtig rühme, um der Glorie Meines Daseins neuen Zauberglanz hinzuzufügen. Gigantisch ist die Fülle von Erfindungen, bemerkenswerten Interjektionen, Umbrüchen und Verankerungen, die Ich schon getätigt und geleistet habe. Doch im Aufwall der erhabnen Weltgeschichte potenzieren sie sich immer mehr und müssen trotzdem von dem Einen, alles Überragenden und Königlichen, das Ich Bin, verstanden und aufs Delikateste geleitet werden.

So auch du bist mitten drin in dem zur Analyse freigegebenen Brimborium aus induktivem Weltenschaffen, wie aus dem Bedürfnis, seliglich darüberhin zu ruhn, um deiner Kräfte Bund geflissentlich zu schonen.

Meine Stärke ist das wunderbare Equilibrium, in dem Ich alle Dinge Meines Seins voll Eifer und Erfolg erhalte. Das darf jedenfalls als der Triumph und Anstand aller Zeiten dargestellt und ausgewertet werden.

Der Exkurs geht seinem Ende zu und wird beschlossen mit dem unbeschreiblich schönen Lächeln dessen, der da weiss und sich in seligem Beginnen und Gerinnen, Sichten und Verrichten, Testen und Für-gut-Befinden im Unendlichen verliert.

# 7

# Begeisterung am Sein und Sinnen

## 7.1

Konsequenz und strahlende Begeisterung am Sein und Sinnen sind das ideale Milieu, in dem Ich Mich seit Urzeit frei und seelenvoll bewege. Zweifellos geschieht, wo immer sich die Dinge willentlich bewegen, das was Ich mir ausgedacht und vorbehalten habe. Mir ist es dabei gegeben, alles auf denselben Nenner, Generalstab und Begriff zu bringen, im Rahmen der natürlichen Gottseligkeit, in dem Ich gütestrahlend operiere. Ist, was Ich unternehme, noch so anspruchsvoll und kapital, so ist es Mir ein Leichtes zuzupacken und das Grandiose wie das Granulierende mit Anmut und Gelassenheit, vor Ort und just in time aufs Beste zu vollenden.

Meine Geisteskräfte haben die Tendenz, sich unbedenklich und galant in Szene und Position zu setzen, wo immer es anheischig ist, ein ehrbar Werk zu generieren und frohgemut aus der Versenkung in die feierliche Taufe hochzuheben. Das macht Mein alles überragendes Genie, auf das Ich Meine Aktionen baue und dem Ich unbedingt, von Blatt zu Blatt, vertraue, im ewig aufgemachten Kalendarium.

Deine tiefsten Tiefen sind gerade Meine höchsten Höhn und bringen das, was Ich Mir in dir Bin, zur gütestrahlenden und wonnevollen Offenbarung. Pausbäckig und prägnant ist alles, was Ich in die Schalen des vernünftigen Gestaltens lege und dabei auf absolute Frische, Genuinität und graziöse Bildung achte, im Schwunge der natürlichen Begabung, die Ich vor aller Augen leichthin offenlege. Das ist nun einmal Meine Art aktiv zu sein und allem, was da ist, haushoch und tunlich überlegen. Meine Trümpfe springen Mir wie Saltimboccas von der Hand direkt dem Schlund der Zeitlichkeit entgegen, der alles, noch so schön Geschaffene verschlingt in seinem ungeduldigen

Betragen. Mir ist das Werden, wie das Sein, in eine Einheit ohnegleichen eingebunden, die vollzieht sich in begeistert offenbarten Meisterzügen. Alles hat hier seine Zeit und, wird gewirkt, so tritt das Seiende aus sich hervor, um jedoch zeitig und bewusst mit dem, was es dabei gewonnen, wieder in sich selbst zurückzukehren. All so Bin Ich Mir das weise wissende Agens des unerschöpflichen Gedeihens, wie des völlig austarierten Weilens in des Seins von wachem Geist erfüllten Milieu. Glück und Ordnung, Harmonie und Frieden herrschen, wo Ich Bin und Meine Attribute mit den Seinsverklärten teile, die sich, genausogut wie Ich, im Universensein mit allem was da ist verbündet und in ihm aufs Fabelhafteste vollendet haben.

## 7.2

Die richtungweisenden Begriffe, die dich so begeistern, kommen allesamt von Mir und Meinem götterlichten Hofe. Es liegt ein Trend von unnachahmlicher Grandezza in der Luft, den Ich bewusst verbreite, nämlich den, die Völker auf-zuklären über ihres Seins Standarte, Manifest und allbewusstes Rauschen. Um solche Wirklichkeiten zu erleben, muss das Individuum den Geistraum Meiner Allpräsenz betreten haben. Es ist ihm dann vergönnt das, was an ihm unsterblich ist, in Selbstbewusstheit und Natürlichkeit, Begeisterung und Wohlgemutheit zu erfahren.

Du fühlst dich dann wie einer, der das Einmaleins des Lebens in seiner ganzen Fülle ausgelernt und eingemittet hat in seiner Personalität, wie seinem Sein in universenweiten Meistergraden. Geist vom Weltgeist wirst du dir bedeuten und dabei dem Einfluss Meiner überragenden Talente Referenz erweisen müssen. Minuziös verweise Ich auf jede einzelne Begabung, die Ich dir verliehen habe, um dein Wesen zu erbauen und gehörig aufzumöbeln bis zum Gehtnichtmehr. Dir ist es überlassen, was du Bist auch wirklich auszuüben und daraus den Nutzen der Unendlichkeit zu ziehn.

## 7.2

Dem Weckruf der Vernunft des Herzens sollst du folgen und dich in Bewegung setzen zu dem einen, wundervollen Ziel, das Ich dir Bin, apart von allen deinen Lebenszielen. Es ist gewiss nicht einfach, einem Etwas anzuhangen, das als geistige Befindlichkeit und Entität weder angeschaut noch sonstwie nachgewiesen werden kann. Wenn du etwas weisst, dann ist es für dich da und muss dir nicht bewiesen werden. Es ist dir als Erkenntnis zugeflossen und lebt und webt und wirkt in deinem seinsfibrierenden Bewusstsein als ein Wirkliches, in wunderbar gesitteter und unschätzbarer Majestät. Dieses Etwas in dir scheut sich nicht „Ich Bin" zu sich zu sagen und dabei das Ich besonders zu betonen, um es gegen alle andern minikrimen Iche, die dir so geläufig sind, gebührend abzuheben. Das ist dann die Stunde der Erleuchtung und Erhebung ins unendliche Gewissen, dem nichts beizufügen ist, derweil es alles darstellt, was erfunden und gefunden werden kann in den vom Gottesgeist beseelten Universenweiten. So ist dein Wesen denn, im Blitz der auferstehenden Gewähr, nichts anderes als Wissenschaft von Meinem Wesen und glückseligmachendes Erinnern an das, was du immer warst.

Ohne Mich und Meine segensvollen Infiltrationen wirst du bald zum Tunichtgut, sowie zum kläglichen Versager an dir selbst, der sucht und sucht und doch nicht weiss, was er denn ist in seinem Seine-

Welt-Umrunden. Alles ist so klein, was dich betrifft, derweil Ich unabsehbar grandios Bin, wesenhaft in dir als götterlichte Qualität von höchstem Rang und Namen.

Nur Meine Liebe zu den Meinen kann dich retten aus dem Pfuhl und hebt dein hilfesuchendes Verlangen himmelan, wenn du nur willst von Mir betreut, befruchtet und befriedet werden. Meine Kompetenz in Sachen seligmachendem Gefühl ist grenzenlos und übertrifft den Willen deines hoffenden Gemütes um Unendliches in Meiner Seinsphilosopie. Mein gütestrahlendes Gewissen hüllt, was Ich in allem Bin, gebührend, delikat und heilend ein, um es allmählich zu verwandeln in ein Meer von Gläubigkeit und Generosität, Verständigkeit und seelenvoller Harmonie.

Sowie du Bist, vermag dich nichts mehr aus der Fassung und der Fürstlichkeit, in der du lebst, verdrängen. Dein Anstand ist der Meine und dein gottseliges Gefühl dem Meinem gleich geworden. Was dich prägt ist Meiner Grazie Gewinst und Meiner Mündigkeit Gebaren. Ohne jede Absicht flanellierst du durch die Gärten Meiner seinsgewissen Gloriole und ergibst dich ihrem Charme und ihrem liebenswürdigen Sich-selbst-Gewahren. Du fühlst dich von elysischer Gelassenheit umgeben und erklärst dich als Befreiter in der Glorie des Allerhöchsten als in Mir und Meiner makellosen Liebeslicht-Natur.


7.3
Gang und Gäbe ist, dass Ich der Meister aller Dinge Bin und du das Knechtlein, dem nichts übrig bleibt als Mich und Meinesgleichen grenzenlos zu lieben. Ich geruhe, dich mit Missionen zu betreuen, die wie vom Himmel hergeschickt von dir empfunden wer-

den müssen. Sie zu befolgen und dem Menschen-volk zu präsentieren ist dein hochbeglückend Los. Jeder Bürger soll in sich die Ahnung tragen von dem unerhört bedeutungs-vollen, das er ist, von Meiner götterlichten Warte aus gesehn. Da gibt es nichts zu hadern oder löken, zögern oder müssig auf demselben Platz verweilen. Aus Meiner Perspektive sind die Dinge deiner Welt aufs Köstlichste und Unverwüstlichste geschaffen, um auf Anhieb und für alle Zeit in ihrer Eigenart und Poesie bewundernswert zu reüssieren. Sie sind, um aller Liebe Wert und jedem Anspruch an Gediegen-heit gerecht zu werden. Aus Meiner Götterfantasie und Meinem Kräftespiel geboren, sind sie fähig, neuem Mass des faszinierenden Gestaltens Auftrieb und Erfolg zu garantieren.

Wer spricht dich an, wenn nicht die silberhelle Stimme Meines Inneseins in deinem stillgewordnen Wesen? Nur der Eine kann es sein, auf den es sich so richtig lohnt zu hören. Alles mindere Geflüster und Gedankenschieben ist zu meiden vor der majestätischen Gebärde, die sich durch Mich offen-bart und die zu akzeptieren dir enormen Vorteil bringt in deinem nie versiegenden Nach-Wahrheit-und-Bewusstheit-Suchen.

Seinsbewusst sollst du Mir werden, unerhört geschmeidig, wenn es darum geht, verwinkelte Gedankengänge abzulaufen und durch noch so querulante Labyrinthe zielbewusst und von Mir angeführt zu flanellieren. Du bist dazu bestimmt, ein freies, schöpferisch geprägtes und dem Himmel offenes Regime und Haus zu führen, wo die erhabensten der Geister gerne ein- und ausgehn, um die Lebensszenen zu befruchten und ihr Teil zum Aufbau und Gelingen eines heiteren und heilen Weltseins beizutragen.

Schütze dich für alle Fälle und nütze wo du kannst, damit das grandiose reüssiert, das Ich Mir ausgedacht und ausbedungen habe. Meine Kräfte mit den deinen reichen gütlich aus, um der Glückseligkeit und Heiterkeit des Daseins reichlich Raum zu geben, wenn du nur bereit bist, Solidarität und Seinsgeschwisterschaft zu üben; denn an Meiner soll's nicht fehlen. Wache auf an deinem Schicksal, Meiner hellen Seinsbewusstheit zu und sei, was Ich Mir Bin im Sternenall, wie im allweiten, geistgeprägten Alles-Überragen.

7.4
Wohlbemerkt: Ich Bin genau was du dir Bist in deinem Dich-Begründen: eine Welt von Abergläubigkeit, erstrahlender Bewusstheit und herzinnigem Vertrauen. Kommt es dich an, darüber nachzuforschen, wie es wirklich um dich steht, so kann Ich dir auf's Trefflichste behilflich sein aus äonenlangem Selbsterfahren. Meine Art ist die von geistigen Kapazitäten, die alles, was sie sind, nach der Bewusstheit ihrer selbst begründen. Du kannst Mich auch als Bündel reiner Fantasie bezeichnen, dem es nicht zuviel ist, in die tiefsten Gründe seiner Seele, wie auch in die allerschicklichsten Erhabenheiten vorzustossen. Auf diesen forschertypischen Gedankengängen offenbaren sich Mir mählich ungezählte Dinge, die Mir von lichtdurchfluteten Allweiten pausenlos entgegenströmen.

Aus allem was Ich so intimerweis und selbstbewusst, zukunftsträchtig und nostalgisch von Mir selbst erfahre, stelle Ich Mir einen ellenlangen Reim zusammen, der, von A bis Z und myriadenfältig abgehandelt, das gesamte Alphabet der Hoffnung und Verzweiflung, Grässlichkeit und Liebenswürdigkeit enthält, deren Ich seit je her fähig Bin in

Meiner allumfassenden Erregtheit göttlichen Gebarens. Seinserkenntnis tut Mir Not, genauso wie es für dein Weiterkommen existenziell bedeutungsvoll und nützlich ist in absoluten Meistergraden. Das gibt Mir dann den Halt, den Ich in seinsgeschwister-licher Herzlichkeit auch dir verleihen will aus wonnevollen Schalen. Schon längst Bin Ich Mir aus der Fülle Meines Seinsempfindens ohnehin kein Rätsel mehr, derweil du das von dir noch längstens nicht hehaupten kannst. Deswegen ist der Austausch unserer Gefühle und Gedanken so geziemend und verbindlich, überaus bedeutend und lojal. Unbedingt erforderlich ist es, dass du dich deines Seins in dir wie Mir für immer inne wirst, um damit ohne jeden Abstrich dem Unendlichen zu gehören. Nichts weniger und mehr ist es, was Ich durch alles, was Ich vor dir offenbare, punktgenau erreichen will im Eilverfahren. Deine Lahmheit will ich stützen und deinen greisen Gang so sehr beschleunigen, dass du mit Hüpfen, Tanzen und begeistert Jubilieren bei dem anlangst, was Ich Bin und was die Himmel und Allwelten, Glück verheissend, liebevoll und zart von Mir zu dir erzählen.

7.5
Wie kommt es, dass von dem, was Ich Mir Bin, soviel Bezauberung und Lebenskraft verströmt wird in die Myriaden Daseins-Welten göttlicher Konzep-tion? Das ist, weil Ich an all dem innig hange, was Ich Mir erschuf zum Wohlgefallen, wie um Mich aufs Köstlichste zu schmücken, der Ich sonst nur monochrome Seinspotenz Bin in der Aufeinander-folge Meiner Sehnsuchtszeiten. Kapitale Kräfte liegen bei Mir brach und wollen sich bei Myriaden

selbstgeschaffenen Gelegenheiten punktgenau entladen. Da bringe Ich Mich selbst zum Opfer dar für alles, was Ich leichten Sinns voll Verve und radikaler Kunstverständigkeit kreiere. Es mangelt Mir an Nichts, doch du geruhst, dir Mängel auszudenken, die mitnichten existieren. Alles Behäbige kommt von Mir und das Schäbige von dir, will Ich hier sagen, denn der Abfall vom Vertrauen in Mein allumfassendes Geschick und Rendement verdirbt dich so. Dabei bist du von Mir zu einer sagenhaften Serie von Heldentaten ausersehen. Sie beginnen folgerichtig mit dem Erringen des Bewusstseins einer Schöpferkompetenz, die Ich dir mitten auf den Weg gegeben, und sie enden mit dem klaren Sieg in jeder Disziplin, die Ich für dich erdacht und in dein Schicksals Raum und Rahmen eingemittet habe.

Delegiere nicht, was du in eigner Kompetenz und Zahlungsfähigkeit zu leisten und vollbringen hast in deiner Lebenssituation. Nur Selbstbedachtes und Vollbrachtes macht dich wirklich gross und seinsbedeutend vor der Klarsicht Meiner Götteraugen. Mein Antlitz strahlt dir zugleich Strenge wie verheissungsvolle Milde liebevoll entgegen. Mach es dir zur Pflicht, was Ich dir gütevoll entsende, offnen Herzens anzunehmen und deinem Palmarès von guten Taten und gottseligen Erfahrungen nach bestem Können beizufügen. Folge Mir auf hoher Fährte himmelan und verrichte deinen Part in Meinem Sinngebet und Meiner Überzeugtheit von der universenweiten Harmonie und ihrem hochbeglückenden Berauschen.


7.6
Fantasie und mustergültiges Benehmen bringen dich wie nichts voran in deinem lebelangen

Brauchtum und gottseligen Dir-selbst-und-aller-Welt-Gehören. Allerdings magst du recht tüchtig und gewandt sein, erfolgreich und für alles rasch entschieden, wenn du nicht auch adelig, dem Sein vertrauend und allmenschlich bist, wirst du nicht auf Meinen Stufen höhwärts steigen. Das Menschliche muss eben auch allgöttlich werden im Entfalten seiner wahren Kräfte, wie im Leben nach den ehernen Gesetzen, die von Meiner Weisheit und Herzinnigkeit das allerbeste Zeugnis geben.

Es kommen eben für die Avancierten straffere Bedingungen in Frage, die vom Lernen, Alles-Hinterfragen, Sich-Vernetzen und Genie geprägt sind aus der Einsicht in die Wirklichkeit des wahren Lebens. In diesem driftest du unweigerlich auf Mich und Meine weltumspannende Gemeinschaft guter Geister zu, die allesamt von Mir geschult und ausgezeichnet sind, um eine Welt des Heils, der Hoffnung, wie der glückseligmachenden Erkenntnis dessen, was Ich in dir Bin, zu generieren.

Mein Manifest bezeugt seit eh und je, was Ich an Genialität, Gutmütigkeit und Resolutheit intus habe. Du brauchst nur die Annalen der Verklärten Meiner Zunft und Gotteswürde abzulesen, um aufs Trefflichste im Bild zu sein darüber, welche Dinge sich gehören und wo du auf der Hut sein musst vor Dieben deiner Unschuld, wie vor Ränkeschmieden, die Mein Konzept und Meine Klarsicht durcheinander bringen.

Es wallt ein Frühling auf der Seinsgerechtigkeit aus Meinen Zügen, und aus Meiner Wohlgefälligkeit am Sein erblüht auch deine, wenn du nur vernünftig bist und innig Mir ergeben. Ich lichte und verrichte alles, was dir frommt, vor deiner Tür und mittendrin in deinem Wesen, um Mein Bild in dir bekannt und liebenswert zu machen. Das bringt dir Geistestiefe und Geduld, Frömmigkeit und Seinselan, die dir zu

Meinen Räumen Zutritt schaffen und im Innern Seelensicherheit, Wahrhaftigkeit und unergründliches Genügen.

## 7.7

Meistere in Mir was dir entgegen kommt und wisse, wie gekonnt und liebvoll Ich Mich kümmere um die Meinen. Besonders sind Mir jene Seelen heilig, die sich täglich sorgen müssen um den letzten Cent in ihrem Beutel und die Speise, die sie nähren und erhalten soll. Ihren Lebensmut und ihr Vertrauen, ihr Selbstbewusstsein wie die ungebrochne Herzensgüte zu beleben, Bin Ich ihnen ständig nah im Tageslauf und Überleben. Überall wo Nöte sind, lass Ich Mein Gedulden ganz besonders spielen. Nur müssen die Versehrten sich voll Innigkeit und Inbrunst an Mich wenden, um die Geisteskräfte zu entfesseln, die ihr schlichtes Wohl und ihres Herzens Dankbarkeit bewirken. In jedem Fall ist ihres Lernens Prozedur das Wesentliche, das sie vorwärts bringt auf ihrem Weg zu höheren Graden reiner Menschlichkeit und stiller Heiterkeit am Sein und Leben.

Alles Wohlerwogne und Dem-Herrn-Verpflichtete soll auch in deinem Dasein keimen. Der Überfluss an Lebensgütern ist schon manchem zum Verhängnis und zum Rückschritt auf der Schicksalsbahn geworden. Nur die Beständigkeit, der gute Wille und das Seinsvertrauen führen zum ersehnten Ziele des Empfindens Meiner Nähe und Herzinnigkeit in dir.

In den Extremen wird besonders offenbar, wie wenig sich das Äussere im Kontex mit der wahren Seinskultur als relevant erweisen kann. Gerade hier soll es dir recht plausibel werden, wie sehr die Geisteshaltung und die inneren Werte für den wahren Fortschritt zählen. Was sich wandelt, wandelt sich in Mir, und was Mich ehrt, sind deine Schritte hin zur Seinserkenntnis und damit zur Harmonie, zur Herzensgüte und zum Seelenfrieden.

## 7.8

Was taufrisch und gediegen vor Mir liegt, sind die blumenreichen Felder Meiner Geisteskräfte und verwirklichten Parolen. Aus der Gottesferne will Ich dich denn auch in Meine Herzensnähe holen und Komplimente und Verbindlichkeiten vor dich tragen für den Tag. Alles Werden ist so süss, wenn es unter Meiner Aufsicht und Begünstigung geschieht, denn kein anderes kann soviel innige Erfahrung und markante Selbstverständlichkeit sein eigen nennen, wie das, was Ich Mir Bin, in der Geschichte der den Sonnenball umkreisenden Planeten. Stets ist es Mir daran gelegen zu betonen, wie viel Energie, Erfahrung und Genie Ich auf das Etablieren ihrer Mustergültigkeit verwendet habe. Entscheidend ist dabei die Geistsubstanz, die sich allüberall verströmt, um Ausgewogenheit und allgemeine Wohlgemutheit zu erzielen. Geisträume sind erfüllt von Wesen überirdischer Natur, die allesamt Kontakt mit Mir und Meinen überragenden Empfindungen und Willensäusserungen intus haben. Sie sind wie du von geistiger Struktur und entfalten ihre Wirksamkeit im denkenden Gefühl und im daraus entspringenden erhabenen und majestätischen Gehaben. Was du Engel nennen magst, sind im Geistreich glasklar definierte Entitäten, die in ihrem Sein und Sinnen kongenial mit dem zusammen stimmen, was Ich in ihnen Bin und was Ich solcher Art in ihrer Seinsbeschaffenheit und Gotteswürde zur Vollendung treibe. Was demzufolge gut ist und was besser wäre, lass Ich, staunenden Erkennens, dich durchfliessen und bewirke damit Evolution auf höchster Ebene und mit dem liebenswürdigsten und auserlesensten Gebaren. Ich nehme Rücksicht auf das individuell Errungene genauso, wie Ich Mich dem Allgemeinen weihe, das Ich Bin und das in seiner Diktion, profunden Sensibilität, Glaubwürdigkeit und Tugend haargenau dem Ideal entspricht, das Ich von der All-Einheit aller Dinge und Gewalten minuziös und wonnevoll entwickelt habe.


## 7.9

In Gewand der seligen Ergriffenheit komm Ich daher und will auch dich, so wie du eben Bist, aufs Innigste ergreifen. Ich will, dass es dir angelegen sei, dich tagtäglich mit dem Geisteswesen, das Ich Bin, herzinnig zu vermählen. Sowie du es für nötig hältst, gezielt und unerschütterlich in diese Richtung vorzustossen, biete Ich dir ohne jeden Vorbehalt die kräftigste und wirkungsvollste Unterstützung an. Es strömen ohne Unterlass gottselige und überragende Gedanken von Mir zu den Deinen, um dein vielgeliebtes Wesen von der Lethargie des Lebens aufzurütteln und dem wunderbar dynamischen von Meiner Pracht und Provenienz, Empfindsamkeit und Herzensgüte zuzuführen.

Du weisst ja schon, mit welcher Vehemenz Ich alles, was ich unternehme, auf die Spitze treibe, aber dass du ohne jegliches Bedenken mit Mir gleichzuziehen hast, willst du auf keinen Fall begreifen. Das ist, weil dein nur allzu menschlicher Verstand es meidet, in Sachen Gottgewandtheit weiter als zur Nasenspitze auszustreunen. Merkst du, wie fatal dich das berührt, beginnst du ganz von selber etwas Höherwertiges in deinem komplizierten Sein und Wesen anzurufen. Du pochst bei dem „Ich Bin" an deiner grünen Seite an und lässest dich, bedächtig zwar, doch immerhin, von seiner sagenhaften Güte und Gelassenheit, Vielsprachigkeit und Hilfsbereitschaft überzeugen. Das will Ich dann als Rettung deiner Selbst-Verständlichkeit, Grandezza, Überlegenheit und Wohlgestalt im Geistessinn bezeichnen, welche allesamt aufs Beste in dir zur Entfaltung angelegt und von Mir gutgeheissen sind. Du bist viel mehr, als du dir je zu träumen wagtest, eben weil Ich als verehrungswürdiger Donator in dir Bin und alles was du Bist zur wahren Geistkultur, Glückseligkeit und strahlenden Vollendung treibe.

7.10
Wo die Sterne glühn, sind Meine besten Kräfte liebevoll versammelt, um dir Glück und Lebenskraft, All-Liebe und Begeisterung am Sein und Leben zuzuströmen. So soll es sein, dass dein Dich-selbst-Empfinden sich von Meinem wunderbarerweis belehren lässt, bis es sich nicht mehr von ihm unterscheidet, im verehrenswerten Götterstil. Über das, was du schon warst, wirst du von Meiner Seinsphilosophie, Vorzüglichkeit und Sitte weit hinausgetragen und ergehst dich mählich in demselben Nimbus von Gottseligkeit und radikaler Überlegenheit, den Ich Mir längst errungen und erstritten habe.

Die Weisheit eines Gottes hält dich dazu an, im menschlichen Bewusstsein selber weise und verehrenswert, liebenswürdig und geliebt zu sein von denen, die sich denselben Fortschritt und bedingungslosen Wohlverstand erhoffen. Es lohnt sich hundertfach für dich, dich auf Mein Votum und Fibrieren einzulassen, denn was du an Seelen-

sicherheit und Würde, Übersicht und Gottge-
fälligkeit erreichst, spricht Bände für die Schüler,
wie die Seinverständigen, die sich um dich und
damit Mich versammelt haben. Es herrscht ein
grandioses, seinsglückseliges Schweigen in den
Räumen Meiner Zunft und Geisteskunst, in denen
Ich Mich gütlich ausgebreitet habe. Das Mass der
Dinge hat sich Mir verändert und erweitert bis zum
Gehtnichtmehr und fördert Mein Befrieden im
Hienieden aufs Entschiedenste, womit die Dinge
Meiner Herrschaft sich bis ins Unendliche
vermehren.

Es weht der Wind der Freude Gottes durch Mein
Sein und hinterlässt beglückend, delikat und
meisterlich der Liebeszartheit Spuren. Was Ich auf
langer Fahrt dazugelernt, kommt nun in voller
Eigenart und Eloquenz zum Zuge. Mein integrales
Handeln handelt von der geistbewussten Schöne,
die Meinem Sein wie angegossen liegt und ihm
Triumph und jubelnde Holdseligkeit bedeutet.


7.11
Meine besten Dinge liegen im Verborgenen und
können nur von der bewundernswerten Wissenschaft vom Geiste eingesehen werden. Üben,
heisst die überzeugende Standarte, deren du dich
frei heraus bedienen sollst, um dir Erkenntnisse
vom Reich des Übersinnlichen in aller Form und
Farbe zu beschaffen. Und glänzen dir die Sterne,
kannst du ihren Glanz und Glamour wesentlich
vermehren, wenn du dir bewusst machst, dass auch
sie Produkte geistiger Potenz und Schöpferwürde
sind von Meiner Seite in die festgefahrene Dinglichkeit hinabgestossen.

Machst du es dir leicht, so meldest du beflissen
und gerissen: Das kann Ich mit dem besten Willen

nicht verstehn. Dann musst du eben deinen Eigenwillen brav beiseite lassen, um mit schafsgeduldiger Borniertheit Meinen Einfluss zu erringen in dein offenstehendes Gehör. Es blüht dann auf, was blühen soll in dir und du vermagst dir aus dem Buchstabieren des Erfahrenen bald einen Reim zu bilden. In diesem tritt dann unverblümt zutage, dass dein menschlicher Bereich und Reichtum nur die Stütze ist von deinem eigentlichen Wesen, das als Geist von Meinem Geiste abgeleitet ist, derweil es sich zur Eigenständigkeit erheben soll in wohlgesittetem Betragen. Es ist das Selbstgefühl, das in dir wachsen soll, im alles überragenden Bewusstsein von dem was du in Mir Bist als unvergängliches Produkt von Meinen götterlichten Gnaden. Hast du diesen ehrenvollen Schritt getan, muss dir alles weitere in einem neuen, delikaten Licht erscheinen. Es verleiht dir Sicherheit für ein ereignisvolles Leben unvergänglicher Natur im Rhythmus der Allherrlichkeit und Harmonie, Holdseligkeit und Seinsbewusstheit, wie sie die von Mir Verklärten pflegen.


7.12
Modest und tapfer sind die wahren Bürgen Meiner Kunst zu sein und das Allewige am eignen Leibe innig zu erleben. Sie bewegen sich vor Meinen aufmerksamen Blicken auf besonders gottgefälliger Bahn und haben damit Anrecht auf beseligende Unterstützung in der Meisterschaft und Lichtheit ihrer Lebenstage. Es ist ein waches und bemerkenswertes Miteinander-Umgehn, das in Meinem Sinn und Duktus offenbar geschieht.

Ich übertrage dir so viel von Meinem Goodwill, dass es dir gelingen muss genau in Meinem Sinn und Geiste an der Dingwelt zu verfahren, um die

Menschenwelt ein wenig näher an Mein Sein heranzubringen. Es muss und wird zur glück-durchdrungenen Synthese der Gemüter kommen, die von Mir das grosse Ja-Wort für die Schöpfung in sich tragen. Aufbau und gottseliges Erfahren wollen sie, von Mir geführt und auf den Punkt der Seinsverständigkeit gebracht in himmelweitem Überragen.

## 7.13

Es ist die Kunst der Wärme und Gelassenheit, die dich vom Mir beseelen soll durch dick und dünn in wundervoll beschwingten Tagen. Mit allem, was du Bist und unternimmst, sollst du nur Mir allein und Meinem weise sich verströmenden Gedankengut gehören. Sieh doch: allein, was Ich bewirke und als gut befinde, macht die Menschenwelten wahrhaft gross. Ich überzeuge die Gerechten Meiner Tage von der Nützlichkeit des Schweigens vor dem Herrn und seinen metaphysischen Instanzen, denen man zutiefst vertrauen kann, in dem was sie uns heiter und beschwingt besagen. Sie sind das verbindende Agens der Wohlgefälligkeit, die zwischen dir und Mir besteht und die in ihrem Hang zur Ordnung und Gewissenhaftigkeit die Harmonien intonieren, die der Seele Labsal sind und Frische der Erhebung ins unendliche Geschehn.

Du siehst die Kräfte walten, die dich und deines-gleichen in die Mitte Meiner makellosen Welten stellen und, auf sie zeigend, ihre Unverletzlichkeit und makellose Lebenshaltung offenbaren. So geschieht es dir, sowie du dich zu Mir bekennst und Meine Daseinswürde annimmst als die einzig wahre, überragende und wissentlich fundierte im Allhier.

Vermessen ist es für dich, grossgekopfte Eigenkompetenz und Zierart zu entfalten, denn der Allgerechte Bin nur Ich im schicklichen Begründen dessen, was Ich tu. Und was Ich richte ist gerade recht für dich und deine lockeren Kumpanen. Meinen Sinns gewahr vermagst du alles leichterdings in einem Zuge zu vollbringen. Sonnenwinde sind dir Seinsgefährten und die Flügel göttlicher Vernunft entführen dich galant in Meine Weiten, wo du als Beseligter und höchst Willkommener in Meinen lichten Räumen ruhst.

## 7.14

Meine Güte öffnet dir das Seinsbewusstsein bis zu allerhöchsten Geisteshöhn und lässt dich darin freier und beglückter, melodiöser und gottseliger atmen als du's je gekonnt in deinem grandiosen Seinsprofil. Das aber gilt es auf denselben Nenner wie's der Meine ist zu bringen, denn nur so kann sich das Dargestellte füglich sehen lassen in der lichten Welt der seins-sensiblen Seelen. Willst du eine von den Ihren werden, so empfehl ich dir aufs Wärmste, den Pfad der Einheit mit Mir einzuschlagen, um mit wunderbar beständiger Gelassenheit das zu erlauschen, was Ich dir inniglich besage.

Im Grund genommen dreht sich alles um die eine Frage der Erkenntnis dessen, was du Bist als Individuum, sowie als Ganzes einer Universenwelt von sagenhaftem In-die-Weiten-Streben. Dich als beides zugleich innig zu erfühlen rechne Ich dir an als eine Wundertat von überragenden Dimensionen. Du in Mir und Ich in Dir will das bedeuten und damit hat sich dein geliebtes Sein auf's Trefflichste erklärt in seinem sakrosankten An-sich-Hangen.

Von dieser Einsicht trägst du einen fulminanten Sieg davon, denn die Erkenntnis, dass du Mich bist, öffnet dir den Seelenblick in alle Weiten Meines Seins und lässt dein Ich in ihrem Sonnenglanz Gottseligkeit erfahren. Was du Bist, strahlst du in alle Welten wider, die dein eigen sind und denen du zum Wohl gereichst im Sinn der göttlichen Gewähr, die von Mir ausgeht und sich wieder in Mir findet in der Seinsgemeinschaft der Verklärten. Alles ist Mein Teil und zugleich Meine Mitte in des Universenheils Arom, das ich allüberall verbreite. Von ihm darfst du in Minne zehren und darfst in seiner Lauterkeit inständig selber lauter sein in sagenhaftem Selbstgenügen. Dein Sein ist als erfüllt und hochgebenedeit, plausibel und von Gott geadelt zu betrachten und dein Wesen trägt das Siegel wahrer Herzenswonne und Glückseligkeit davon. Im Wunder des Vereinens tragen sich dir Melodien an von sagenhaftem Wohlklang und von einer Zärtlichkeit des Ausdrucks ohnegleichen. Lass sie dich umspielen und verweile selig in der Gunst der Stunde, die dich zu solcher Einsicht, und Empfänglichkeit erhebt.


7.15
Kronzeuge aller deiner Taten Bin Ich stets in dir, derweil du wähnst, sie selber im geheimnisvollen Stübchen zu begehn. Blick auf von deiner Hände Werk, um den zu ehren, der dich in der Tat aufs Lückenloseste begleitet, der Ich Bin und der du Bist, bewussterweis, beständig, zirkular. Des Effektiven sollst auch du gewahr und sichtig werden, sollst dem, was wirklich ist, so rasch wie möglich auf die Sprünge kommen, um dein Weltbild auf den neusten Stand zu bringen, in deinem Über-dich-Verfügen. Es ist die Achtung vor dem Allerhöchsten, die dich achtbar macht vor ihm mit allen Konsequenzen, die da sind: Beförderung auf allen

Ebenen des Seins, die unter deiner Wachheit und Kontrolle stehn, Beglückung deines trockenen Gemüts mit heiligen Wassern, die von Meinen Höhn zu dir herniederfliessen, wie Erhebung dessen, was du Bist, zu Meiner einzigartigen und allerfüllenden Holdseligkeit des Seins von eignen, götterlichten Gnaden.

Was immer Ich im Grandiosen schaffe, ist im Minikrimen auch an dir getan, der du als Mein Bild und Illustrator, Seinsbetrachter und Verständiger einhergehst, quicklebendig auch im weltlichen Vergehn - und seinsbeständig, so wie Ich es Bin mit allen, wunderbar gediegenen Schikanen. Mach dir keine Illusionen von des Daseins Wirklichkeit, deren Vordergründiges nur Schein ist, derweil die wahren, wachen Kräfte, die die Welt regieren, stets im Hintergrund agieren. Dieses Hintergründige jedoch Bin Ich in letzter Konsequenz und satt von genialem, majestätischem Gehaben. Mählich solltest du doch so vernünftig sein, um einzusehen, wie beschränkt dein Denken ist, dem Meinen gegenüber und wie dürftig deine ganzen Machenschaften, wenn Ich sie mit dem vergleiche, was Ich leichterdings zustande bringe in der Weltengloriole, universenweit gesehn.

Doch gerade du bist in der göttlichen Estrade und Manierlichkeit, Kontinuität und Schlagkraft inbegriffen, die Ich vor aller Augen offenlege. Dein Wirkliches ist nur im Mass des Meinen so und alles andere, was du dir bist, ist Tand und Zugemüse, ohne Wert fürs Ganze, das Ich auf die Waage der Wahrhaftigkeit und Sitte lege.

Du stotterst: Ja, so ist es und bekreuzigst dich vor dem, der in dir ist als deines wahren Seins Betreuer und Gefährte, Vorstand und ergreifendes Idol. Das zu wissen, gibt dir existentiellen Halt und fügt dich in den Kreis der Seinsverständigen, wie der

Notablen Meines himmlischen Geschwaders, dem zutiefst zu trauen ist in seiner Heiterkeit und makellosen Haltung, Überlegtheit, Mustergültigkeit und Strategie der Einheit aller Dinge mit dem Allerhöchsten im holdseligem Allhier.


## 7.16

Delegierend Aufmarschieren ist Mein gütestrahlendes Prinzip und Prachtgefolge seit Äonen. Übersinnliches galant und weltenmännisch zu erfassen, ist Mir so geläufig wie im Grund genommen auch banal. Nanu magst du da bemerken: wenn das so ist, kann ich mich getrost noch für geraume Zeit von einem Ohr aufs andere legen und des guten Schlummers pflegen in des Lebens Last und Quirinal. Dem ist mitnichten so, Mein vielgeliebter Schwan, denn was verschlafen ist, kann nimmer eingeholt und mit gehörigen Verdiensten ausgestattet werden.

Um die wahre Krone zu erwerben braucht es deinen ungebrochnen Einsatz, Tag für Tag und Meine tieferflehte Hilfe noch dazu in deinen monstruösen Niederungen. Doch dann kann es höchst manierlich mit dir aufwärts gehn. Auf deinem Konto sammeln sich rasant die Werte, die zu Meinen lichten Höhen führen. Da versammeln sich die Weisen und Verständigen wie die Verfechter makelloser Tugend um den Herd der Geister Gottes, die mit ihm auf du und du in bestem Einvernehmen stehn. Bald bist du voll Verve und Rasse einer von den Ihren und darfst dich Meister nennen in der Disziplin des wahren Seins, apart von allen Quereleien und Verwüstungen in Höhen, die von sagenhafter Geistesqualität und liebevoller Seinsbetrachtung ein beseligendes Zeugnis geben. Im Allhier sind Ordnung, Genialität, Erhabenheit und Grazie Elysiens fürwahr die attraktiven Korrelationen, denen du zutiefst vertrauen kannst und die in ihrer Weite und Gediegenheit das Herz restlos befrieden und dein ganzes Wesen mit dem Balsam der Gottseligkeit und güteströmenden Allherrlichkeit versehn.

## 7.17

Wie der schlaue Rotfuchs schleiche Ich durch deine Nächte pausenlos einher, um dir den Schlaf zu rauben, der dich Mir enthält in deinen Niederungen und erbärmlichen Verstecken, Mensch von heute, in des Seins so viel umstrittenem Revier. Dich Mir gefügig und solvent zu machen, ist Mein Sinn, und um solches zu bewirken ist Mir jedes Mittel gut genug aus Meiner Apotheke von bewundernswürdigen Gedanken und Gepflogenheiten.

Deutlich werde Ich, wenn du nicht spurst, wie Ich es dir geheissen. Ich hebe ständig tiefere Gräben vor dir aus, in die du straucheln musst, um dir die Umkehr und ein besseres Verhalten einzuläuten. Lernst du, lernt dein Innesein direkt von Mir und lebt und bebt von dem, was Ich ihm weis und liebevoll besage. So entstehen Weisheit, Lebenskunst und dementsprechend gloriose Taten, die aller Welt zum Heil und Vorbild, wie zum Manifest der Güte und Gerechtigkeit gereichen.

## 7.18

Persönliches wird nicht mehr existieren, denn nur das Eine, das Ich Bin, wird fürder für dich zählen. Du bereitest dich für das Erleben einer Saga von unübertrefflicher Brisanz und Majestät, die deinem Menschentum die höchste Würde und Wahrhaftigkeit, die man sich denken kann, verleiht. Die niederen Impulse schweigen und das Allerhöchste, das du Bist, hält feierlichen Einzug in dein Wesen. Hinter dir sind sträfliche Versäumnisse und Lappalien, doch am Geisteshorizont strahlt dir der Stern der unbedingten Wohlfahrt und Unsterblichkeit entgegen. Deine Innigkeit erwacht und schenkt sich dir als reine, hochdotierte Göttergabe. Aus dieser wunderbar strategischen Verwandlung gehst du als der Herold, Held und Meister deiner selbst hervor, indem Ich deinen Schatten mit Bewusstsein götterlichter Art und Weise überstreiche. Von Mir kommt alles was du Bist und deine weltverlorne Einsamkeit geht vollends auf in Mir, der Ich dein Ein und Alles Bin im Röhricht deiner unbegreiflichen Verstiegenheiten.

In höchster Brandung und Gefahr kannst du wie immer auf Mein rettendes Geschwader zählen. Ich überkomme dich mit der Erkenntnis Strahlen, dass der Eigenwert von deinem Wesen akkurat mit Meinem übereinstimmt im Begriff der geisterfüllten Ewigkeiten.

Ich übermittle dir die strahlende Erkenntnis, dass kein anderer als Ich persönlich wandelt auf den Wassern wahren Seins in dir dahin, wenn du mit offenem Visier durch deine Tage trollst und ohne Mich für einen Augenblick aus dem Gesichtsfeld zu verlieren. Du machst es wahr, dass eine Welt auf einmal wieder auf Erlösung hoffen kann vom Erdenwahn, in den sie sich verkrochen und dass darnach die Trautheit und Liiertheit mit dem Ewigen Triumphe feiert. Überirdische Gerechtigkeit begegnet dir in Meinem Reichtum göttlicher Vernunft und reiner Güte, die von Beglückung und holdseliger Natürlichkeit was Liebenswertes zu erzählen haben. Dir ist es, wie aus dem Nichts, vergönnt, an Meinen Werten, Weiten und Verinnerungen teilzuhaben und damit vortrefflich, smart und transzendent auf Nummer sicher durch die Welt zu gehn. Im Hin und Wider der Geschichte streust du Blumen der Beständigkeit und Lebensliebe vor dich hin und überzeugst die vielen mit dem Zauberwort Ich Bin und seinen unbestrittnen Qualitäten, seelenvollen Heiterkeiten und bezaubernden Relieves.

### 7.19
Wie unerbittlich rasch geschieht es, dass noch jeder abgesetzt und ausgewechselt wird in seinem impulsiven Gastverhalten. Was jedoch viel zu wenige erkennen ist, dass im allmenschlichen Bereich die Individuen ihre Einzigartigheit und ihr bewusstes Wesensein behalten, derweil sie nur des Körpers ledig werden nach erfülltem Zyklus auf dem Erdenplan. In vollendeter Natürlichkeit ins Geistgebiet hineingeboren, absolvieren sie ein von Mir wohlbedachtes Pensum an Erfahrungen, die ihre Ansicht von sich selber wesentlich wahrhaftiger gestalten und damit auch dem Wunsche Vorschub leisten, im irdischen Bereich die vielen Unvollkommenheiten auszumerzen in des neuen Lebens Pflicht und Stil.

So geht dem Ganzen, das Ich Bin, gar nichts verloren und die Summe der Erfahrungen wird zur Evolution der Welt, an der die Menschen- und die Gottesgeister mit so viel Inbrunst, Wohlgefälligkeit, Wahrhaftigkeit und Überzeugung hangen.

### 7.20
Schenkkreise sind dem gierigen Verlangen nach Verdienst im Wucher unterworfen in der Menschensphäre; Meine sind dagegen reines Mich-an-alle-Welt-Verschwenden in der Herzkultur, die Ich seit eh und je mit allem Ernst betreibe. Meine Sache ist

es, durch verehrenswerte Gesten Witz und Wohlgefallen zu erregen, nur dass keine Ungeschicktheit
der Empfänger diesen Plan vereitelt und in
manchem krassen Falle gar ins Gegenteil verkehrt.
Das ist, weil sich der freie Wille, dessen sich die
noch nicht voll entfalteten Geschöpfe rühmen, im
labilen Gleichgewicht befindet und weil sich daraus
Götterlichtes, wie auch Abgeschmacktes, Eigen-
sinniges entfalten kann. Das Resultat ist eine Welt
von divergierenden Ideen, deren Träger grössten-
teils den Sinn für das bewundernswerte Eine und
Erhabene, das Ich Mir Bin, verloren haben.
Doch lässt Meine höhere Einsicht in die Weltzusammenhänge Gnade walten und verrechnet
weder Aug um Aug noch Zahn um Zahn in seinen
Dispositionen. Damit öffne Ich den Weg zum
wahren Freisein wieder. Das Beständige und Edel-
mütige soll dominieren in den Kreisen der von Mir
mit Liebe, Seinsbewusstheit und profunder Redlichkeit Begabten. Nimm auch du, was Ich dir biete,
dankbar an und wandle fürderhin auf Meinen
Höhenpfaden, geisterfüllt und froh dem Sternen-
glück entgegen.


7.21
Götterherz und Götterschmerz ob all den Vielen, die
Meiner Herrlichkeit Gewissen noch nicht    sehn.
Noch mag Ich vor dem Volke Geistespurzelbäume
schlagen aller Art, es wird geschlafen und gezecht,
Gewinn verbucht und Wachstum produziert in
grandiosen Mengen, ohne dass die Menge will den
Aufruf Meines Wetterleuchtens vor sich sehn. Was
ist die Mahnung? Seinsgerecht und seriös, aufge-
weckt und lebensklug zu sein, selbst wenn Mein
Rufen in der Welt verhallt und ohne das Geringste
zu bewirken.

Langmütig, liebevoll und weise ist Mein Sinnen über die Gemeinde der Berufenen gebreitet, dass sie Einkehr halten in sich selbst, um dann im konzentrierten Stillesein ihr Ich zu finden, als von Mir gegeben und von Mir zur Einheit aller Wesenschaft geführt.

Ich Bin, du Bist und jede seinslebendige Nuance deines Herzens brennt in Mir als ein urewig Feuer der Begeisterung am Leben und ein unvergänglich Gluten, Meiner All-Bewusstheit zu. Finde Mich und alles ist gefunden, flüst're Ich dir ständig ins so wankelmütige Gehör. Strebe Meiner Herzensgüte zu - und deines Heils Gediegenheit und Umbruch, deines Sinngehalts und Währens Silberhauch, wie deiner Seelenanmut sprechende Gebärde öffnen dir das Tor zu *Meinem* Reich der überwältigenden Geistkultur, der Wachheit ohnegleichen und des strahlend jugendlichen Seinsbewusstseins in der Herrlichkeit der Himmelssphären.

Lausche du und lass dich leicht und leise, sanft und zart am Gängelband der Liebe von Mir zur Vollendung deines Wesens führen, als im Geist geboren und behutsam wieder in den Geistraum wahrer Wirklichkeit geführt. Ich Bin, darfst du dir sagen und Ich wiederhol es tausendmal in dir in strahlend hellen Untergründen in des Seiens wohlerwogener Manier.

Bedenke dein Erscheinen und erreiche Menschengöttlichkeit in dir, indem du Meines Wirkens Melodie vernimmst in deinem Über-dich-Verfügen. Halte ein im Zeitverrasen und gewinne so die Blume Seins-Glückseligkeit in ihrem schönsten Flor und dem Entzücken, das sie dir verströmt in wunderbarer Seeleninnigkeit und in der süssen, sanften Herzenshoffnung auf beständig mehr.

## 7.22

Kleingläubige sind hier nicht zugelassen, aber dich erachte Ich als stark und mutig in der Überzeugung, dass Ich Bin und dass du in Mir bist ein Kleinod wahrer Güte und ein Exponent der Lieblichkeit Elysiens, die dich beseligt und vor aller Augen ins Unendliche erhebt. Lass es dir gut sein in der offensichtlichen Verspieltheit deiner Tage, die, von Mir berührt, in einen Zauber der gesteigerten Bewusstheit fallen, der dich tief beglückt und fasziniert. Sind auch die Tage deines Hierseins weiterhin gezählt, so kann dies Wissen keine Wirkung mehr auf dein Dich-selbst-Empfinden haben. Du hast erfahren, dass du Bist und weidest dich an dem Gedanken der Unsterblichkeit des Seins, das dich beseelt. Du segelst auf dem Meer der strahlenden Glückseligkeit und Lebenswonne zeitenlos dahin und darfst in dem der ist und seinen Universenweiten wohnen.

Wer ist der Einzige, der über seine Kräfte und bewundernswerten Qualitäten frei und firm verfügen kann? Kein anderer als der Ich Bin in dir und dem gesamten Weltenwesen als Animator und Begründer alles Guten und Vortrefflichen in Reinkultur. Nicht ohne Grund sollst du dich Seins-verklärter, Geisteswissenschaftlicher und Auf-das-sagenhafte-Eine-Reduzierter nennen, denn eben darin liegt die Würze allen Daseins, dass es sich zweifellos als in sich selber seiend kennt und damit an die erste Stelle setzt von allem, was da ist und seine Rechte geltend macht im licht-erstrahlenden All-Hier.

Im reinen Sein sind alle noch so peinlichen Probleme deiner Existenz mit einem Schlag aufs Trefflichste gelöst und dein Wesen darf sich wonnevoll im allerfüllenden Elysium erleben. Weder Raum noch Zeit sind dir bekannt, nur eine nie verebbende Beseligung, die aus dir selber strömt und wieder zu dir heimkehrt wie zu allen die selbander mit dir glückerfüllt dieselbe Sternengrazie erfahren.

Ludwig Weibel
Geboren 1933
Lebt in CH-9200 Gossau/St.Gallen
Studienabschluss als Fernmeldetechniker
Schriftstellerische Berufung zur
"Philosophie des Seins" für vife Geister.
Erstellt elegante Graphiken mit einem
Pendel-Apparat. (Siehe Buchumschlag)
Homepage: www.das-sein.ch